Mandelmilchcappuccino
oder die Suche nach der Tür in den Wolken
Felix Froning
2021

PRISMA (2019)

Auf Halbem Weg Ins Nirgendwo (2020)

Mandelmilchcappuccino (2021)

Mandelmilchcappuccino

oder die Suche nach der Tür in den Wolken

Eine Geschichte von Felix Froning

Bibliografische Informationen der Deutschen
Nationalbibliothek: Die Deutsche Nationalbibliothek
verzeichnet diese Publikation in der Deutschen
Nationalbibliografie; detaillierte bibliografische Daten sind im
Internet über dnb.dnb.de abrufbar.

© 2021 Felix Froning

©Cover by Melisa Geven

Night Traffic Lights Wallpaper iphoneswallpapers.de
Red Party Cups Pinterest @catherinestriz
Smoking Birthday Man Pinterest @Irinakoshh1

Herstellung und Verlag: BoD – Books on Demand,
Nordstedt

ISBN 9783753453408

Danke Hanna, für Deine Inspiration

Danke Melisa, für Deine wunderschönen Designs

Danke Doris, Fabian, Fynn, Julia und Mama, für
Eure unendlich ertragreichen Rückmeldungen

Herbstschnee

Nach dem wohl langweiligsten Sommer seines Lebens läuft Atticus gähnend den knarrenden Flur seiner Zwei-Zimmer Wohnung entlang und sinnt sich nach dem ersten Kaffee der neu angebrochenen Jahreszeit. Die Temperaturen befinden sich laut Wetterbericht im Sinkflug, gewarnt wird vor plötzlich eintretendem Frost, Eis, Schneegestöber. Ein alles in allem ungekannt kalter Herbstanfang, in einem alles in allem ungekannt kalten Jahr.

Nicht nur die Meteorologen erkennen die anschwellenden Zeichen der vorgezogenen Winterzeit, auch die Tiere, allen voran die sinngeschärftesten unter ihnen, bellen, heulen, surren, quieken, ja singen sogar vom einschreitenden Untergang. Atticus sieht das nicht ganz so düster, wenn er auch immer schon in starker spiritueller Verbindung mit den Haustieren der Nachbarin oder dem frisch geschlachteten Huhn in der Discounter-Frischetheke stand. Nein, für Atticus ist der Wetterumschwung weniger ein Vorbote der Apokalypse, sondern vielmehr ein unglücklich symbolischer Zufall kosmischen Ausmaßes.

Dabei glaubt Atticus mit keiner Faser seines Wesens an Zufälle, weder unglückliche noch glückliche. Entweder, man trifft die richtigen Entscheidungen, wählt die richtigen Wege, kurz: es läuft; oder man hat eben irgendwo, irgendwann die falsche Abzweigung genommen und ist jetzt ziemlich arm dran. Ein Vorteil dieser Einstellung liegt nach Atticus darin, sich nicht an armselige Ausreden klammern zu können, wenn mal etwas nicht funktioniert. Der Großteil der Menschen sei ohnehin nur unglücklich, weil sie das Gefühl beschleiche, das Universum sei gegen sie. In Atticus Welt gibt es kein Universum, sondern nur ihn und seine eigenen Inkompetenzen. Eigener Aussage zufolge hilft dies seinem persönlichen Glück massiv auf die Sprünge.

Nun schaut er jedoch an einem frühen Herbstmorgen aus dem Fenster und sieht den weißen Schnee den Himmel hinabsteigen, die bunte Blätterlandschaft ummanteln und widererwarten wunderschön seinen Platz in der Welt einfordern. So wie damals. Genauso wie damals. Dafür konnte nun selbst Atticus in seiner geballten Nichtkompetenz nichts.

„Was ein Zufall...", murmelt er also noch vor seinem ersten Kaffee am ersten Herbsttag über das Knarren seines Fußbodens hinweg. Sein Hund bellt neben seinem Bein, als wolle er ihm zustimmen.

Zumindest ist dies Atticus Auffassung des Bellens; tatsächlich bemüht Pie sich hier lediglich um ein bisschen Hundefutter. Atticus

gießt den heiß erwarteten heißen Kaffee, noch immer leicht vom Zufall verwirrt, in seine Mind-The-Gap Kaffeetasse, die er sich Jahre zuvor in einem der billigsten und verwahrlosesten Touristenshops Londons für ein paar flaue Pfund als Mitbringsel mitgebracht hatte. Den Kaffeegenuss normalerweise nicht mindernd hebt Atticus die billige Mind-The-Gap Tasse aus dem verwahrlosten Touristenshop an seine Lippen und kostet den ersten Kaffee nach dem wohl langweiligsten Sommer seines Lebens. Der zufällig fallende Schnee ist kalt, der Kaffee ungenießbar.

Pie bellt, bekommt aber noch immer kein Futter.

Das Kaffeekomplott

Atticus bemüht sich noch um einige Schlucke, muss sich jedoch nach dem dritten Würgereiz eingestehen, dass es sich hierbei unmöglich um den Kaffee handeln konnte, mit dem er die neue Jahreszeit einläuten würde. Der Schnee fällt weiterhin unirritiert auf den von der toten Sommersonne noch leicht erwärmten Boden. Atticus umklammert noch immer die Tasse mit dem schlechten Kaffee, als würde er sie um keinen Preis der Welt loslassen wollen. Was findet er nur an Kaffee so unheimlich aufregend, dass er seine gesamte Tagesstimmung von diesem dunkelbraunen, billigen Gebräu abhängt. Ist es das leichte Verbrennen seiner Zungenspitze, dass ihn daran erinnert weiterhin eine sehr empfindliche Zunge im Mund zu haben? Ist es der Rausch des Koffeins, welches das Blut in seinen Adern von der dörflichen Landstraße auf die Autobahn pumpt? Die jämmerlichen Magenprobleme noch Stunden danach, die ihn auf seinen stetigen Wanderungen zur Toilette treu fit halten? Vermutlich ist die Antwort eine einfachere als diese. Es ist Kaffee, und Kaffee ist einfach etwas ganz Fantastisches. Kein Getränk, eine Gemeinsamkeit zwischen Personen.

Die Milchtrinker, die knallharten Schwarzverzehrer, die süffisanten Süßwürzer…alles demografisch greifbare Gruppen unter denen man sich ob des einen, klitzekleinen Details direkt zuhause fühlen kann. Atticus, selbst Teil der recht neuen Bewegung der Mandelmilchmenschen, hatte schon einige durchaus erfolgreiche Dates im Café aufgrund einer geteilten Vorliebe für Mandelmilchcappuccino genießen dürfen.

Daran kann er momentan jedoch nicht denken. Alles, was vor seinen stechpalmengrünen Augen Beachtung findet, ist der wunderschöne, tiefdunkle, eigenhändig ausgesuchte Kaffee für diesen Anlass, der nicht besser schmeckt als irgendein Filterfehler aus der verkalkten Maschine auf der Arbeit. Dabei ist er sich so sicher gewesen. Hatte die Bohnen selbst in seinen Fingern gedreht, inspiziert, als würde er ein neues Auto kaufen wollen. Und geblecht hatte er, mehr als Atticus überhaupt bereit wäre für ein neues Auto zu bezahlen. Der ganze Aufwand, für nichts. Weniger als nichts, nichts wäre zumindest neutral, null, nicht nennenswert. Nein, für Atticus ist das klar weniger als nichts, wohl eher schlecht, minus, verdammt verwirrend.

Irgendwo in der Ferne bellt sein Hund Pie. Als wolle er sagen, er habe auch nicht mit diesem Kaffeekomplott gerechnet, gegen sein Herrchen gerichtet wie eine versteckte Kriegserklärung. Würde Atticus genauer hinhören, dann würde er jedoch nur Hunger in Pies Bellen erkennen.

Atticus stöhnt. Laut. Das erste richtige Geräusch von dem er in diesem Herbst Notiz nimmt. Damit schüttelt er sich selbst aus seiner Trance, blinzelt einige Male, und kippt den kriminell katastrophalen Kaffee den Abguss hinunter. Es gluckert einige Male, das hinunterfließende Koffein widerhallend in seiner großen Altbauküche. Atticus fragt sich, wie tief sein heißgeliebtes Getränk gleiten würde, in die Abgründe welches Kanalisationsrohrs es sich verlieren möge. Ob man von hier in den Bereich der Kanalisation käme, über dem er damals mit seinen Freunden in der Roten Maus getanzt hat? Klar, das ist viele Kilometer entfernt, viel ländlicher gelegen, aber möglich ist es trotzdem. Wieder bemerkt Atticus den Schnee auf seinem Balkon. Ob es der gleiche Tag war? Schließlich...

Der heulende Wind des herannahenden Schneesturms unterbricht ihn in seinen Gedanken. Jung waren sie gewesen, aber auch nicht so jung. Hübscher, definitiv. Er für seinen Teil zumindest. Ganz sicher aber waren sie ehrlicher gewesen. Atticus blickt in den weißen Schnee und meint für eine Sekunde, ihre Gesichter auf den Schneeflocken zu sehen. Er schüttelt sich, verärgert über diesen

Ausblick in die Vergangenheit. Selbst sein Hund weiß wohl besser als er, dass Atticus nie wieder an die Zeit mit den anderen zurückdenken will. Und doch beschleicht ihn nach diesem verdammt schlechten Kaffeeerlebnis wieder die ungezähmte Lust nach einem Mandelmilchcappuccino im Schnee.

Hundehaarallergiker und Hawaiihemden

Pie freut sich zu früh als er denkt, Atticus findet endlich die Zeit, ihm sein heiß ersehntes Futter vor die Schnauze zu schieben. Dass doch noch ein wenig Zeit für Streicheleinheiten bleibt, kommt da als bitter nötige, wohlige Überraschung. Aber Pie merkt, dass Atticus Kopf woanders schwebt. Der Hund ist seit zwei Jahren bei dem schlaksigen Wuschelkopf untergebracht. Sein Herrchen vorher war auch lieb gewesen, aber leider wohl nicht lieb genug, sich weiterhin um Pie zu kümmern. Das würde er ihm ewig vorhalten. Von daher ist Atticus gar nicht mal so ein schlechter Treffer. Klar, er vergisst manchmal, Essen rauszustellen, oder die Wasserschüssel wieder aufzufüllen, aber alles in allem kann Pie sich nicht über sein Herrchen beschweren. Er geht sogar regelmäßig mit ihm, und zwar nicht nur einmal um den schiefen Häuserblock, sondern durch die Parks, die Wälder, die Straßen der ganzen weiten Stadt. Was Pie alles schon sehen konnte...das meiste davon eine positive Erinnerung.

Was Pie nicht weiß ist, dass Atticus es sich nicht ausgesucht hat, sich um den kleinen, wilden Fellbüschel zu kümmern. Es würde den Hund mit Sicherheit überraschen zu erfahren, dass sein Herrchen in der Tat eine Hundehaarallergie plagt, unverbesserlich seit Anbeginn seiner Tage.

Weshalb also tollt der Vierbeiner nun seit mehreren Jahren in der Altbauwohnung eines notorischen Hundehaarallergikers herum? War es pures Mitleid gegenüber den dunklen Knopfaugen, halb verdeckt vom straßenköterblonden Fell? Ein Akt der Langeweilebekämpfung? Oder hatte Atticus, das Herrchen, in jener verhängnisvollen Adoptionsnacht einige Meter zu tief ins Glas (übrigens ebenfalls billig aus einem Londoner Tourismusgeschäft) geschaut?

All das weiß Pie sich eben nur als Fragen zu stellen, nicht aber über ein feuchtes Kläffen hinaus tatsächlich auch an Atticus weiterzuleiten. Letzterer ist nunmehr endlich aus der Trance gerissen und bewegt sich langsam, aber nicht schleichend aus der Küche hinaus, zurück durch den knarrenden Altbauflur in sein Schlafzimmer. Zwar ist ihm noch nach Morgentoast oder Cornflakes-Frühstück, aber es stört ihn nun doch gerade an diesem scheinbar willkürlich besonderen Tag, mit nicht mehr als einer Boxershorts und seiner blanken behaarten Brust in diesen Tag zu starten. Nein, wenn der Kaffee schon so dermaßen dämonisch enttäuscht hatte, würde er mit Sicherheit versuchen, selbst nicht ganz so enttäuschend aufzutreten.

Atticus durchforstet seinen zugegebenermaßen recht opulent eingerichteten Kleiderschrank. Mode, ja, ist mehr noch als der Kaffee für ihn. Mode ist, ja, mitunter seine Medizin, wenn das Leben mal wieder hässliche harte Halsschmerzen heraufbeschwört. Er hat zum Beispiel mal mit einem dunkelgrauen Cardigan eine Erkältung in die Flucht geschlagen. Seine - mittlerweile vielleicht etwas zu engen - Chinohosen haben bereits dafür gesorgt, dass verdreckte, blutige Schnitte sich in blasse, weiche Narben verwandelten. Heute braucht Atticus allerdings etwas gegen gigantische Enttäuschung. Seine schlanken Hände wandern über die Bügel mit den Antidepressionsrollkragenpullovern, den Stapel der bauchschmerzenbefreienden Bluejeans und bleiben bei den bunten, kurzärmeligen Hawaiihemden stehen. Atticus lächelt und greift nach einer Fusion aus Grasgrün und Kanariengelb.

Pie erkennt, dass dies das Hemd ist, welches Atticus damals bei ihrer ersten Begegnung getragen hat. Der Hund erinnert sich an den weichen, gemütlichen Stoff, auf dem er ebenso gemütlich zusammengerollt die ersten Stunden in der Altbauwohnung verbracht hat. Damals hatte das Herrchen noch einen Bart getragen, den man laut Pie so schön ablecken konnte, um die Zunge an sonst schwer erreichbaren Stellen zu kratzen. Dieser ist jetzt wegrasiert, seit Monaten nichts weiter als blankes Kinn und Wangenknochen.

Atticus schließt den letzten Knopf über seiner Brust und atmet aus. Sofort fühlt es sich nicht mehr an wie ein zufällig verschneiter Herbstanfang mit ekelhaft enttäuschendem Kaffee, sondern wie Sommer, Sonne, Strandgefühl, zusammen mit Freunden im Arm tanzen und mit jeder Flasche Bier den Morgen weiter nach hinten schieben.

Pie bellt und er gibt ihm Futter.

Toastbrotmelancholie

Atticus ist nun endlich bereit, sein Frühstück gut gekleidet und bei vollem Bewusstsein einzunehmen. Die wichtigste Mahlzeit des Tages, sagte immer schon sein Vater. Ob Atticus da zustimmen würde, ist er sich selbst nicht so sicher. Essen generell war etwas Großartiges, meistens aber hatte er eine Vorliebe für die Speisen des Abends und weniger für Marmeladenbrot und hartgekochte Eier. Dennoch ist sein Magen leer und macht sich bereits knurrend bemerkbar.

Atticus steckt seinen Lockenkopf in den schattigen Vorratsschrank und beginnt, seine Augen dazu zu zwingen sich an die Dunkelheit zu gewöhnen und ihrer gewohnten Aufgabe nachzugehen. Sein Blick gleitet anmutig über grünes Gemüse und orangenes Obst hinweg und bleibt am Toastbrot hängen. Da die Cornflakes seit gestern aus sind, entscheidet Atticus sich dafür, auch dieses abgelaufene Lebensmittel endlich aufzubrauchen. Kann Toast denn überhaupt schlecht werden? Pie, der gelegentlich fallen gelassene Scheiben vom Boden aufleckt, würde dies sicherlich bestätigen.

Er schmeißt sich die beiden letzten Scheiben lustlos auf einen Teller und geht auf dem Weg zum Kühlschrank seine Aufschnittoptionen durch.

Atticus hat eigentlich höhere Ansprüche an ein Frühstück, noch dazu an diesem zufallsträchtigen Tag mit Septemberschnee. Aber irgendetwas hindert ihn daran, seine Winterjacke über das Hawaiihemd zu schmeißen und zum Bäcker zu gehen. Irgendeine unsichtbare Energie hat sich von dem Moment an, in dem seine Füße morgens den Boden berührten an Atticus Knöchel geheftet und zieht ihn nun mit dem doppelten Gewicht der Schwerkraft Richtung Boden. Nicht in einem traurig-depressiven Sinne, nicht in einem seltsam wohligen Sinne, nein. Die Schwerkraft zieht mit purer Melancholie an seinen geräderten Gliedmaßen.

Am roten Kühlschrank mit den vielen Magneten und Postkarten aus vergangenen Posttagen angelangt, greift Atticus sofort, ja beinahe instinktiv zum Kräuterfrischkäse mit 15% Fett statt 5%. Wieso weiß er nicht. Seine grünen Augen bleiben an den Bildern hängen, die seinen jahrzehntealten Kühlschrank schmücken. Alte Gesichter, die einem jung und freundlich entgegenlächeln. Fette Geburtstagspartys mit bunten Hüten, trinkend und winkend. Leise Blicke mit lauten Worten, sehnsüchtig. Freundschaftliche Fußstapfen im

Septemberschnee. Atticus lächelt abwesend, reißt sich los und macht sich daran, den Kräuterfrischkäse mit 15% Fett und nicht 5% auf das ungetoastete Toast zu schmieren. Sein Hunger ist nicht mehr so verlangend wie zuvor, wenn auch durchaus weiterhin existent, und seine Gedanken nicht mehr so frei wie noch Momente zuvor die ersten Minuten im Hawaiihemd. Es gibt keine Zufälle. Aber Atticus sollte es besser wissen. Sollte seinen Blick nicht vor dem Schnee auf seiner Terrasse verbergen, die Fotos an der roten Kühlschranktür ignorieren, sondern glauben. Daran, dass er sehr wohl weiß, weshalb er sich den Kräuterfrischkäse mit 15% Fett statt 5% aus dem Kühlschrank genommen hat. Daran, dass er aus einem Grund hier in seiner Wohnung gefangen scheint. Daran, dass es sehr wohl Zufälle gibt.

Atticus schmeißt das angeknabberte Brot zur Seite und nimmt sein Gesicht in die Hände. Brüllend brennende Kopfschmerzen machen sich breit. Scheinen etwas von ihm zu verlangen. Und doch will er nicht laufen, und doch wollen seine Beine bleiben, wo sie sind.

Vielleicht weiß er es tatsächlich. Vielleicht ist es an der Zeit zu wissen? Eine leise Melodie beginnt, in seinem Kopf zu spielen.

Atticus dreht seinen Kopf und schaut wieder auf den Kühlschrank. Auf die Spuren im Schnee, die Tizian und Melissa dort vor so langer Zeit hinterlassen haben.

Rosa Ente auf rosa Grund

Atticus besitzt zusätzlich zu seiner Altbauwohnung ein kleines Altbaukellerabteil vier Treppen unter ihm. Primär vollgestellt mit alten Actionfiguren und Postern von nackten Bandgitarristen oder in Leder gequetschten Frontsängerinnen sind dort mittlerweile mehr Spinnen aktiv als er im Jahr die Reise hinunter überhaupt antritt.

Warum also gerade heute? Nun, Atticus hat beim ausgeglichenen Frühstück ohne Kaffee und mit abgelaufenem Frischkäsetoast den Zufall zugelassen, der den heutigen Herbstanfang zu einem besonderen macht. Schnee im September, der im Übrigen immer noch fleißig weiterfällt, gab es schon einmal. Jahre zuvor, als der schlaksige Frühdreißiger noch ein schlaksiger Frühzwanziger gewesen war, und es noch keinen Kräuterfrischkäse mit 5% Fett statt 15% gegeben hatte. Schnee im September, wie auf dem Foto an seiner roten Kühlschrankwand, mit den Fußabdrücken seiner besten Freunde. Ein Zufall, den Atticus nun nicht länger unkommentiert lassen kann.

Er reißt die schwere Brandschutztür zum Kellergeschoss auf und geht schnurstracks auf seine zerkratzte Tür zu. Irgendwo gibt es noch ein verblichenes Namenschild daneben, auf dem nur sein Nachname stehen dürfte. Bis jetzt hat er seinen Keller auch ohne diese Hilfestellung immer gefunden.

Das Erste, was man sieht, wenn man Atticus Kellerbereich betritt, ist ein großes, selbstgemaltes Acrylbild von einer rosa Quietscheente. Es hängt einsam an der eisig grauen Wand und zieht direkt die Aufmerksamkeit eines jeden Betrachters auf sich. Es ist kein besonders gutes Bild, als wirkliche Kunst hat wohl noch keiner es beschrieben. Eine Mischung aus hellrosanem Hintergrund, dunkelrosanem Gefieder und altrosanen Konturen ist es tatsächlich mehr horrende Augenfolter als erwähnenswerte Raumverschönerung. Und doch hängt es seit Jahren an ein und derselben Stelle, unangetastet, ungeputzt. Eine Art Warnung für jeden, der es wagt, sich hier hinunterzuverirren und sich in den antiken Hallen des Atticus wiederzufinden. Eine Warnung vor all dem staubigen Kitsch in den Kisten und in seinem Kopf.

Außerdem hat er es gemalt, und sie es gerahmt. Melissa. Und Tizian hatte die Nägel, um es in die Wand zu schlagen. Atticus kennt jeden einzelnen

Pinselstrich auswendig. Jede noch so kleine unschöne Ungereimtheit in der Konsistenz der Farben ist in sein Hirn gebrannt. Die Unterschriften ungelenk abgeklebt.

Mit diesen Eindrücken steht Atticus wieder in der Tür. Mit diesen Eindrücken bleibt er wieder wie eingefroren auf der Schwelle stehen, nur um sich nach einigen Minuten zu lösen und – normalerweise – nach der CD, dem Porno, dem Karnevalskostüm zu stöbern. Aber heute schneit es. Also sucht er nach nichts außer den unschönen Unperfektheiten der Farbkonsistenz und den einzeln geschwungenen Pinselstrichen auf der Rosa Ente im Keller.

Er meint, seine Freunde darin sehen zu können. Meint, ihre Deos und Parfüms und Duschgels übertünchen noch immer den Muff des dunklen Raumes.

Aber es mufft weiterhin.

Atticus bewegt sich auf das Bild zu und kommt schließlich einen Meter davor zum Stehen. Wenn man weiß, was dort zu stehen hat, ist es einfach die dunkelgrau gekritzelten Namen in der unteren Bildecke unter dem vergilbten Kreppband auszumachen. Atticus beginnt trotz des kurzärmeligen Hawaiihemds zu schwitzen. Was würde tatsächlich unter dem Kreppband zum

Vorschein kommen? Welche Schatten würden sich ihren Weg in das hinreißende Rosa bahnen? In ihn...?

Eine Schweißperle rollt von seinen Locken hinunter, über seine gerunzelte Stirn, an den smaragdgrünen Augen vorbei, bis sie schließlich das glattrasierte Kinn entlangrinnt und unspektakulär auf den grauen Boden fällt.

Atticus greift nach vorne und zieht mit einem Ruck das cremefarbene Kreppband von seiner Vergangenheit.

Der schlechte Joint am Baggersee

Atticus Haare waren nicht minder lockig, doch durchaus minder lang gewesen als er vor über sechs Jahren in einer ganz ähnlichen Stadt wie dieser an einem warmen Spätsommertag am Straßenrand saß und darauf wartete, angelächelt zu werden. Er erinnert sich noch genau daran, welche seiner zwei zur Auswahl stehenden Paar Schuhe er trug. Die mit den roten Schnürsenkeln und dem Brandloch von dem schlechten Joint am Baggersee. Er war als einziger nicht high gewesen, als einziger hatte er die sanften Wellen nicht als tosenden Sturm betrachtet, hatte den Mond nicht als großes Auge gesehen, welches sie alle Nacht für Nacht beobachtete. Und doch waren seine Schuhe Opfer der glimmenden Funken geworden, als Andenken an eine wahrhaftige Nacht.

„Hey Mann, wieder nüchtern?" Noch heute würde Atticus die dunkle, kratzige Stimme seines besten Freundes zwischen tausenden erkennen. Auch damals hatte sie den gleichen Effekt auf ihn. „Ich glaube das sollte ich dich lieber Fragen. Ich dachte

Gastgeber versuchen nüchtern zu bleiben?" Atticus schenkte Tizian ein leises Lächeln. Ein leises Lächeln erwidert. Leise.

Sein Freund hatte den typisch verwaschenen Look eines Boyband-Gitarristen, auch wenn Tizian weder in einer Boyband war noch jemals wusste, wie man eine Gitarre richtig bediente. Er hatte dunkelbraunes, wuscheliges Haar und einen ebenso dunkelbraunen Dreitagebart. Außer weicher Flanellhemden schien er nichts anderes zu besitzen, so trug er auch an dem Tag eines, die Ärmel hochgekrempelt und sein sich über den blanken Unterarm schlingendes Tattoo brannte sich aufs Neue in Atticus Augen.

Sie alle hatten sich eins stechen lassen, am gleichen Abend noch dazu. Das schale Bier auf Schmitti's Geburtstagsfeier hatte dabei geholfen, die stechenden Schmerzen der gemeinsamen Rosenkränze zu ertragen. Sie hatten sich in die Augen gesehen, tief und lang und mit den Zähnen knirschend.

Atticus seufzt, als er sich an Tizians schmerzverzerrtes Gesicht erinnert. Seufzt, als er wieder Melissas Tränen ihr Gesicht runterlaufen sieht. Lächelt, als er sein eigenes Tattoo aufs Neue betrachtet (Atticus Rose befindet sich am Unterarm und ist die kleinste der drei), die Gedanken so frisch wie der Schmerz in ihnen.

„Na ich hab's ja zumindest irgendwie nach Hause geschafft." Atticus legte augenrollend den Kopf schräg. „Du wohnst schließlich auch da, die zwei Treppen hast du ja mehrmals gestern Abend genommen", er machte eine kurze Pause, fügte dann noch vorsichtig hinzu, „Ich hatte echt Spaß Mann. Du meintest wir wollten..."

Tizian zwinkerte ihm unterbrechend locker zu, dann setzte er sich zu ihm an den Straßenrand und legte erst vorsichtig, dann frohlockend einen Arm um Atticus Schulter. „Weißt du, was heute für'n Tag ist?"

„Sonntag, glaube ich." Atticus lehnte seinen Kopf müde an seinen besten Freund an und gähnte laut. „Natürlich ist heute Sonntag du Idiot. Ich meine, was für ein Sonntag ist heute?"

„Ich...kann dir nicht ganz folgen. Bist du noch betrunken, oder was?" Tizian schüttelte sofort heftig den Kopf und sprang mit einem Satz vom Boden auf, Atticus mit einem Satz zu Boden rutschend. „Hey, du Arsch, das war bequem!"

„Heute ist Jahrestag", erläuterte Tizian wie selbstverständlich, „Ich dachte du warst damals gar nicht so bekifft?"

„Damals? Wie, meinst du jetzt den Abend am Baggersee, oder was?" Atticus war immer noch unsicher, ohne wirkliche Ideen weshalb dies sich überhaupt in Tizians Gehirn gebrannt haben sollte.

„Genau Atticus, hundert Punkte für dich. Von tausend möglichen Punkten. Ich will wissen, wieso dieser Tag einen Jahrestag verdient!" Genauso schnell, wie er aufgestanden war, sprang er plötzlich auf ihn zu und ging in die Hocke, um mit ihm auf bordsteinkantiger Augenhöhe zu sein. „Ich kann nicht glauben, dass du das schon nicht mehr weißt Mann...ich glaube ich kündige die Freundschaft."

Ein leises Lächeln traf wieder auf leise Erwiderung. Atticus versuchte ebenfalls empört aufzustehen, wurde jedoch direkt wieder von Tizians starker Hand zurückgedrückt. Er erinnert sich heute noch an die Ringe, die Tizian immer trug. Zwei an jeder Hand, die kupferne Farbe ließ nur erahnen, dass das zerkratzte Metall früher so hell und leuchtend gewesen sein musste wie sein Lächeln.

„Nur, weil ich mich verkatert nicht an irgendeinen Abend vor fast einem Jahr erinnere?", schmunzelte Atticus. „Das Einzige, was ich noch weiß ist, dass

meine Schuhe damals ihr berühmt-berüchtigtes Brandloch bekommen haben, von diesem scheiß Joint, der bei mir nicht einmal funktioniert hat."

„Na dann weißt du es ja doch noch!", wie ein Frosch schnellte Tizian aus der Hocke hoch und setzte sich wieder neben ihn, seinen Arm mit den großen, beringten Händen energisch umgreifend, „Mann, das war unser erster Joint zusammen. Als Freunde, meine ich."

Atticus fiel es wie Schuppen von den Augen. Natürlich. „Natürlich. Melissa hat die ganze Zeit nur gehustet, ich war genervt, weil ich nichts gemerkt habe und du hast die ganze Zeit von irgendeiner bescheuerten Tür geredet, die du in den Wolken gesehen hast."

Die Stille, die darauf folgte, war länger als zuvor, und irgendetwas huschte über Tizians Gesicht. Bevor er es richtig registriert hatte, war jedoch alles wieder beim Alten.

„Sie haben eben mit Glück unsere gemeinsame Zukunft gerettet, Herr Atticus." Tizian stieß ihn neckend in die Seite, um dann wieder wirbelnd auf die Beine zu hüpfen und ihn mit sich zu ziehen. „Komm, Melissa wartet. Und dann hab' ich eine Überraschung für euch."

Heute weiß Atticus, dass das Wort Überraschung vielleicht ein wenig deplatziert war und nicht im Geringsten dem entsprach, was folgen würde. Aber was weiß Atticus schon von Überraschungen.

Er ist schließlich nur ein schlaksiger Lockenkopf, der mit Tränen in den Augen eine rosa Ente betrachtet.

Die alte Kreuzung am Rande der Stadt

Noch schien die Sonne. Noch war das Wetter gut. Noch hielt er die Erinnerungen zurück.

Noch wusste Atticus nicht, was er jetzt weiß. Das es schneien würde. So wie heute.

Sie waren auf dem Weg zur alten Kreuzung am Rande der Stadt, Tizian das Fahrrad lenkend und Atticus sich um ihn klammernd. Die alte Kreuzung am Rande der Stadt war ihr Treffpunkt, ihr Hauptquartier zwischen den Nadelbäumen und dem Asphalt. Hier hatten sie als Kinder fangen gespielt, das erste Mal betrunken zusammen die Sterne auf der harten Straße liegend beobachtet. Sich geküsst und angefasst, entdeckt und versteckt. Melissa war hier mit Tizian zusammengekommen, und Atticus mit Tizian, und Melissa mit ihm. Doch die Grundschulzeiten waren vorbei, und die Abschlussmentalität brachte gemeinsame Nächte im Nebel, eingehüllt von Zigarettenrauch und Vergessen.

Melissa saß allein auf dem Baumstamm am Straßenrand. Ihr schwarzes Haar glänzte im Schein der Sonne, ihre schwarzen Fingernägel fast das Einzige, was aus ihren fingerlosen Handschuhen hervorstach. Sie trug eine schwarze Lederjacke, dazu schwarze Jeans und Stiefel gleicher Farbe. Während Tizian in seinen verwaschenen Flanellhemden freundlich, lässig, unbeschwert die Kurve nahm, und Atticus sich mit Kurzarmshirt und kurzgeschnittener Khakihose verbittert festhielt, war Melissa in ihrer rockigen Kluft das Ziel von personifizierter Scheißegalität. Niemand war Atticus wichtiger als sie.

Zusammen hatten sie sich durch die Schulzeit geschlagen, durch erste Händchenhalterein und Küsse und Male gekämpft, nie von ihren Seiten weichend.

„Wird auch langsam Zeit", beschwerte sie sich somit sofort, das Fahrrad kaum zum Stillstand gekommen, „Wir haben 15 Uhr gesagt."

Tizian umarmte sie innig zur Begrüßung und als Entschuldigung. „Sorry, Atticus hat sich mal wieder verspätet."

„Hey! Du wolltest mich doch unbedingt abholen, alleine wär' ich auch schon hier gewesen", versuchte er sich zu verteidigen, doch ihm fehlte die Energie für eine unnötige Diskussion. Auch Atticus umarmte

Melissa zu Begrüßung. Sie roch nach Rosen und Zigarettenrauch. „Ich dachte du wolltest aufhören zu Rauchen?"

Melissa seufzte. „Wollen wir das nicht alle? Irgendwie immer? Und du solltest ohnehin den Mund halten was das angeht, Mister Eine-geht-noch." Sie hatte durchaus recht. Erst gestern hatte er sich noch eine Zigarette mit Tizian geteilt. Er drängte den Gedanken zur Seite.

Schon damals war Atticus der notorische Nichtraucherversager gewesen, der er noch immer ist. Sobald die auserwählte letzte Schachtel leer ist, kommt eine neue letzte Schachtel, die verlangt geleert zu werden.

Er schaut sich in seiner Küche um, in der er scheinbar unterbewusst zurückgewandelt ist, findet seine letzte Packung nicht. Er hat sie doch hier abgelegt. Könnte schwören, sie zu sehen, zwischen Tellern und Tassen und Toastbrotkrümeln. Aber da ist nichts. Nur ungewaschenes Geschirr.

„Hast' noch eine für mich über?", fragte Tizian hoffnungsvoll, der sich als einziger von ihnen nie der Illusion hingegeben hatte, aufhören zu können. Die erste Begegnung mit ihm war bereits von Qualm und Husten und Nikotin geprägt worden – eine Verbindung für die Ewigkeit, zwischen zwei

Freunden, zwei Lächeln, zwei hoffnungslosen Hilferufen in das Ohr des jeweils anderen.

Nun sind die Ohren taub, die Rufe verstummt.

Atticus sucht immer noch. Pie knurrt ihn aus dem anderen Raum an. Er will spazieren. Nach draußen, in den Schnee. In den Schnee, vor dem Atticus versucht die Augen zu verschließen. *Wo sind die verdammten Zigaretten?*

„Du bist so ein Schnorrer...aber ja, in meiner Jackentasche. Liegt da hinten auf dem Boden", Melissa *rieb sich die Arme, „Wenn du schon dabei bist, bring die gleich mal mit, es ist schweinekalt geworden, kann das sein?" Tatsächlich erinnert sich Atticus an den Wind, der damals durch seine Kleidung drang, Melissas Haare verwehte und mit Tizians gekräuselten Locken spielte. Kalt war er, Vorbote einer Nacht von Tanzen, Drogen, Sex und Schnee.*

„Meine Mutter meint, es soll vielleicht schneien...", bemerkte Atticus halbherzig, während er Melissa und Tizian beim gegenseitigen Anzünden ihrer Zigaretten beobachtete. Er sah, wie familiär sich ihre Hände gegenseitig wärmten. Wie sie sich gegenseitig anlächelten, anlachten, belächelten. Die Magie der alten Kreuzung am Rande der Stadt – Erinnerungen wurden zu Funken, Funken zu Flammen und

Flammen zu Infernos, die nichts und niemanden von ihrer Schönheit wie Zerstörung unberührt ließen.

Er hatte seine erste Zigarette in der achten Klasse mit Melissa geraucht. Zusammen mit einem Volltrottel namens Casper hatten sie sich hinter die Sporthalle geschlichen, und einen einzelnen Glimmstängel untereinander herumgereicht. Sie hatten sich wie Könige gefühlt – hustende, panisch umherschauende Könige.

„Lasst uns was essen, ich hab' Hunger", sagte Atticus kurz ab. Nicht wie ertappt, aber wie aus dem Moment gerissen hoben die anderen beiden ihre Köpfe und lächelten ihn an.

Die Magie der alten Kreuzung am Rande der Stadt. Infernos, kalt wie der Wind, der seine Welt zum Zittern brachte.

Na, dann wollen wir mal raus

Pies Bellen ist mittlerweile von „sporadisch" in die Kategorie „regelmäßig" aufgestiegen. Atticus versteht ihn zu gut. Das Wegwollen, aus der Welt verschwinden – wenn auch nur für eine kurze Pipipause im frischen Schnee.

Pie ist schon immer einfach zu begeistern gewesen. Ein Hundeknochen hier, ein billiges Quietschespielzeugimitat aus China dort, und das Bellen beginnt sich als begehrendes Surren neu zu vertonen.

Doch heute ist Pie anders. Heute schaut er raus in den flockengespickten Septemberhimmel und wartet. Auf was, weiß Atticus nicht. Er ist sich nicht einmal sicher, ob sein Hund es noch weiß. Vielleicht auf einen Spielgefährten, ein zweites Bellen für den Chor der Wohnungsflurtortur? Ein riesiges Steak, roh und blutig den Zuckerwattenwolken entschwebend?

Auf sein altes Herrchen, mit dem Mandelmilchcappuccinobart auf seiner Oberlippe den Atticus sich immer entnervt wegwischt?

All diese Gedanken ändern nichts an der Frequenz des Bellens. Atticus seufzt. Er muss los, in den Schnee, soviel ist klar. Momente wie diese sind es, in denen er sich fragt, wieso er sich jemals einen Hund anschaffen wollte.

„Wenn du raus willst, kannst du ja vielleicht deine eigene Leine holen? Nein? Immer noch nicht?" Widerwillig bewegt er sich von einem Raum in den anderen. Widerwillig weg von den verschwundenen Zigaretten und leuchtenden Kühlschrankmagneten.

„Na, dann wollen wir mal raus, Kleiner...", murmelt Atticus mehr zu sich selbst als zu Pie, als er den Flurboden nach seinen Schuhen absucht. Er findet nur den leichten Sneaker, mit dem Brandloch vom Baggersee und den roten Schnürsenkeln, mittlerweile zu einem schwachen Rosa ausgeblichen. Kein Schuh für den Schnee. Schon damals nicht.

Leider besitzt Atticus zwar dutzende Hemden, Socken in jeder dem menschlichen Auge präsentierbarer Farbe, sogar Unterwäsche für jeden Tag im Jahr, doch Schuhe stehen nicht auf der Liste der Dinge, die ihn als notorischen Sammler kategorisieren würden. Es bleibt also meist bei dem verwaschenen, gebrandmarkten Sneaker aus seiner Jugend, mit Profil dünner als der Stoff seiner dicksten Socke.

Er besaß eine Zeit lang mal ein zweites Paar, grüne Stiefel mit gelben Senkeln, ein Geschenk einer Ex. Dass die Stiefel grässlich aussahen, war zwar nicht der imminente Grund für die Trennung gewesen, hatte aber sicherlich auch nicht geholfen.

Das ist Jahre her, und die Schuhe hatte Atticus zu den anderen Vergangenheiten in den Keller gesperrt. Nichts bringt ihn jetzt wieder da runter. Nachdem er es einmal rausgeschafft hat, weiß er nicht, ob er je wieder zurückkehren würde.

Die Frequenz des Bellens synchronisiert sich langsam mit der seiner Zweifel. Der Schnee ist kalt. Seine Schuhe alt. Und er allein.

Als Pie schlussendlich sogar seinen kleinen Kopf gegen Atticus Wade stupst, bückt er sich langsam und hebt die ungeeigneten Schuhe vom Boden auf. Aus der Nähe betrachtet sieht das Brandloch noch viel größer aus als damals. Viel dunkler, kaputter.

„Wärst du nicht so süß, würde ich keinen Meter mit dir gehen, weißt du das eigentlich?" Er sieht Pie beim Überstreifen der Sneaker direkt in seine dunklen Kulleraugen.

Melissa hatte immer gesagt, dass Tiere die mit Abstand expressivsten Wesen auf der Erde seien. Dass man in den Augen eines Hundes mehr sehen könnte als im klarsten Sternenhimmel. Nichts davon ist war.

Die Augen eines Hundes sind leer und dunkel. Alles was man sieht, ist die eigene Reflektion wie sie vorgebeugt über einem kleinen Haustier kauert und versucht, zu verstehen. Versucht, einen Sinn zu finden. Nicht im Hund. Nicht in seinen Augen.

Sondern in sich selbst.

Gibt's das auch mit Mandelmilch?

Sie saßen auf ihren Fahrrädern und spürten den Wind. Jagten von der alten Kreuzung am Rande der Stadt durch die engen Bauernstraßen, über den bröckeligen Asphalt zurück in Richtung Stadt. Atticus klammerte sich erneut an Tizian. Sein Hemd noch immer weich. Der Wind wurde schneller, und so wurden sie es. Er sah Melissa neben sich, allein auf ihrem Rad, die schwarzen Haare hinter ihr her wehend, wie tiefdunkler Rauch dem Feuer folgend. Ihre Augen geschlossen. Vorm Wind, der ihr entgegenblies? Vor den Häusern am Horizont, gleichbedeutend mit den Vorboten der bald wiedereintretenden Realität?

Er erinnerte sich an eine Unterhaltung mit Melissa, beide zu dem Zeitpunkt nicht gerade nüchtern. „Fahrräder, die wohl sinnloseste Erfindung Allerzeiten", waren ihre weisen Anfangsworte gewesen. „Wer den Weg nicht laufen will, hat's auch nicht verdient schneller anzukommen."

„Lust auf's Bambus?" Tizian musste fast schreien, um über das gleichbleibende Getöse des Windes

41

hinweg gehört zu werden. Das Bambus war ein damals neu aufgezogenes Café in der Innenstadt, nicht weit von ihrem alten Schulgebäude. Dort gab es allerlei arbiträre Zusätze zu dem, was Normalsterbliche als Kaffee bezeichnen würden. Von veganer Heißen Schokolade, über entkoffeinierten Espresso bis hin zu ihrem kollektiven Favoriten – der zuckerfreien Mandelmilch, ohne die das Bambus bereits nach einem Tag wieder hätte schließen können. Nein, die Mandelmilch war es, die Atticus und seine Freunde teils mehrmals am Tag durch die Eingangstür spazieren ließ.

„Klar, was sonst?", war also die einzig mögliche Antwort, an die Atticus sich nun erinnern kann gegeben zu haben. Er hat seine Schuhe mittlerweile geschnürt. Pies Leine gefunden und um sein weiches Fell gebunden. Die Jacke in der Hand betrachtet er sich im Spiegel. Er sieht aus, als würde er frieren. Aus Angst vor dem Schnee.

Er fror auf dem Fahrrad, an seinen entblößten Knöcheln, und durch das Brandloch im Schuh. Der Wind war frisch, und biss noch bevor die Nacht den Schnee bringen würde in entblößte Haut. Doch da, wo er sich an Tizian schmiegte, war ihm warm. Konnte kein Wind der Welt ihn erreichen. Und Melissas Augen waren immer noch geschlossen.

„Komm schon, Pie!" ruft er seinen Hund, der störrisch im Türrahmen sitzen bleibt und fast den Eindruck macht, es sich anders überlegt zu haben. Es ist fast, als schaue er sich um, ein letztes Mal mit seinen Knopfaugen die Wohnung betrachtend, in der er die letzten Jahre aufgehoben war. Mit etwas, was einem Seufzer gleicht, schüttelt Pie sich kräftig und setzt eine Pfote vor die andere, bis er die Treppe hinunter gegangen ist und endlich den Schnee erreicht.

„To-Go oder wollen wir uns setzen?", fragte Melissa, als sie die Fahrräder geparkt hatten und vor dem einladenden Eingang des Bambus standen. „Sitzen, wenn's dir nichts ausmacht...", antwortete Tizian mit einem Lächeln. Es war ihm fast nicht anzumerken, und doch wirkte er weniger Selbstsicher, weniger vor Freude leuchtend als sonst. Sein Lächeln hübsch, aber weniger breit. Seine Augen funkelnd, aber weniger hell.

„Alles gut", Melissa lächelte zurück, unbeschwerter, ehrlicher. Sie schien nichts bemerkt zu haben. „Na dann mal los würd' ich sagen. Wer dafür ist, dass Atticus einen ausgibt, hebt die Hand."

Es war eine hoffnungslose Diskussion, und so stand Atticus wenig später an der Theke, die Bestellungen seiner Freunde im Kopf.

Er weiß noch immer, was er damals bestellte. Weiß noch genau, wie er siebenundvierzig Cent zu wenig dabei hatte und von sich von seiner Kräuterfrischkäseschnitte verabschieden musste.

„Wie trinken Sie ihren Kaffee?", fragte die nette Verkäuferin hinterm Tresen. Glaubte man dem Namensschild war ihr Name Emily, und Emily eine Praktikantin. Atticus schaute zu seinen Freunden, die bereits heftig tuschelnd in eine der Eckbänke gerutscht waren. „Einmal Milch und Zucker, einmal nur die Milch und einmal schwarz bitte", Atticus hatte seinen Blick immer noch auf Tizian und Melissa fixiert, als er die Bestellung herunterratterte. Als Emily sich nicht vom Fleck rührte drehte er sich zurück zu ihr und blinzelte etwas irritiert mit den Augen. Sie lächelte ihn einfach mit entblößten Zähnen und aufgerissenen Augen an, nickte dann langsam. „Ich...ich glaube ich muss jetzt fragen, ob Sie Bar oder mit Karte zahlen wollen, oder?" Die Unsicherheit, die in ihrer leicht heiseren Stimme mitschwang, wurde schnell übertönt vom korrigierenden Räuspern der Managerin hinter ihr. „Du hast noch nicht nach der Milchsorte gefragt...", raunte die bereits angegraute Mittdreißigerin mit dem Namensschild Sabine ihrer Auszubildenen bemüht dezent zu.

„Scheiße, stimmt, ich – ähm...", sie schien sich darüber im Klaren zu sein, dass sie gerade vor einem Kunden geflucht hatte, „W...Welche Milchsorte darf es denn sein?" Sie blickte sich leicht verunsichert zu Sabine um, die nur leicht erheitert die gesamte Situation mit einem milden Grinsen bedachte.

„Habt ihr die Mandelmilch heute da? Für die Cappuccinos?", bemühte Atticus sich die ganze Situation so normal wie möglich weiterzuführen.

Emily nickte erleichtert. Endlich eine Situation, auf die sie eine unkomplizierte Antwort geben konnte. „Ja, die ist heute Morgen wieder aufgefüllt worden. Möchten Sie die in beide Kaffees mit der Milch?"

Atticus nickte und warf ihr ein aufmunterndes Lächeln zu. Sie war ähnlich alt wie er, und er konnte sich selbst gut an seinen ersten Tag als Kellner im schicksten Restaurant der Stadt erinnern, den er vor ein paar Monaten weitaus uneleganter bestanden hatte. Was die Mandelmilch betraf, so hatte Tizian sie alle letzten Sommer mit seinem Wahn angesteckt – oder es zumindest versucht. Melissa hatte noch immer nichts übrig für irgendwas anderes im Kaffee als ihre schwarze Spiegelung auf der dunklen Oberfläche, doch Atticus war bekehrt worden. Hatte sich bekehren lassen. Tizians konnte ziemlich überzeugend sein, wenn er nur wollte.

Er trinkt sie noch immer. Zu speziellen Anlässen. Der Schnee, in den er jetzt mit Pie hinausgeht, scheint so ein Anlass zu sein. Nicht weit von ihm ist ein kleines Kaffee. Wenn er Glück hat...

Er schließt die Tür, dreht sich nach Links und sucht nach seiner Mandelmilch.

Emily nannte den Preis, Atticus zahlte, hatte nicht genug Geld, gab die Kräuterfrischkäseschnitte zurück und bedankte sich kurz bei der Praktikantin, in der stillen Hoffnung, ihren ersten Arbeitstag nicht schlimmer gemacht zu haben.

Das Café ist alt. Noch sieht man es, zumindest an der Fassade, die mit den gleichen Holzbrettern und bemoosten Steinen verkleidet ist, wie zur Eröffnung 1922 (dem Schild an der Tür nach zu urteilen). Von Innen bleibt jedoch nichts übrig vom urigen Charme des schwarzen Holzes oder der wohligen Wärme des Backsteins. Nein, Innen ist das Café vollkommen renoviert, mit nagelneuen nicht zerkratzten Tischen, hellen Glaslampen, die aus einem Museum hätten stammen können, und eine dreimal so große und damit dreimal so gut ausgestattete Theke direkt gegenüber der Eingangstür. Es ist nicht das *Bambus*, nichts würde je an das Gefühl herankommen Atticus altes Stammkaffee zu betreten. Doch es ist das Beste, was er unter den Umständen finden kann. Und manchmal ist das Beste gerade gut genug. Er bindet Pie an eine nahe Straßenlaterne, seufzt und stapft durch die bereits beachtliche Schicht Schnee ins Kaffee. Bestellt einen Cappuccino. „Gibt's das auch mit Mandelmilch?".

„Ist der auch mit Mandelmilch?", waren die ersten Worte aus Tizians Mund, als Atticus sich den beiden nach seiner Zeit in der Schlange näherte. „Ja, keine Sorge, wichtige Sachen merke ich mir", ich zwinkere ihm zu und setzte mich neben Melissa, ihm gegenüber.

„Tut mir leid, sowas haben wir hier nicht mehr. Verkauft sich nicht."

Und wieder war da diese gedämpfte, abgeschwächte Freude, die aus ihm heraustropfte. Melissa musste es mittlerweile auch gemerkt haben, ihre Augen starr auf die schwarze Tasse mit dem schwarzen Kaffee geheftet, Tizians Blick aus dem Weg gehend.

Und plötzlich saß dort nicht sein bester Freund von heute Morgen, sondern ein anderer. Ein, wie Atticus fürchtete, ehrlicherer.

Er fühlt sich seltsam. Ein kleiner Teil von Atticus, ein lauter Teil, ist...erleichtert.

Lange sagte keiner etwas.

Dann: „Ich werd' wegziehen".

Mandelmilch im Schnee...was für eine Idee.

Wieder sagte lange keiner etwas auf die drei Worte, die die Mandelmilch für Atticus für immer verdarben.

Tote Hunde weinen nicht

Als Atticus das Café mit einem einfachen schwarzen Kaffee verlässt, ist Pie nicht mehr da. Unter der Straßenlaterne ist einzig und allein eine Kuhle im Schnee auszumachen, in der sein Hund sich wenige Augenblicke zuvor noch hineingelegt hatte. Auffällig abwesend bleibt nun nichts als die Erinnerung an den Umriss der Vergangenheit.

„Pie?", ruft Atticus seinem Haustier in unbekannte Richtung hinterher. „Pie, wo bist du?" Nicht, dass er etwas anderes erwartete, aber der Hund antwortet nicht. Hört vielleicht nicht einmal.

Atticus stellt seinen schwarzen Kaffee auf einen nahen Mülleimer, sein Appetit sich plötzlich kaum mehr in ihm regend. Was soll er jetzt machen? Wohin gehen? Wen sehen? Pie konnte nicht einfach weglaufen und erwarten, damit davon zu kommen. Konnte ihn nicht einfach verlassen.

„Kann ich Ihnen helfen?" Ein älterer Herr, den Rollator mühsam mit seinen von Adern durchzogenen Händen durch den Schnee bugsierend, bleibt hinter Atticus stehen und blinzelt ihn durch seine dickglasige Brille hindurch an, „Ich habe Sie rufen gehört."

Atticus zittert. Der Schnee ist kälter als gerade, als damals. Beißender, und unbarmherziger, und so viel schmerzender. „Ich...mein Hund ist weg. Gerade hat er noch hier gelegen, ich...er ist wichtig."

Der alte Mann hustet. Er trägt eine Mütze bis über seine beiden Ohren, schützt sie vor der Kälte. Seine Jacke ist bunt, seltsam bunt für jemanden so altes. Im grau-weißen Nichts aus Asphalt und Schnee und Dreck sticht er farbenfroh leuchtend heraus, hunderte Meter weit erkennbar, selbst im Schneegestöber. Und trotzdem scheint er...trotzdem sind seine Augen traurig.

„Haben Sie gesehen, in welche Richtung er gerannt ist?"

So traurige Augen. Wie viele Hunde ihm wohl weggelaufen sind?

„Nein, ich hab' mir nur kurz einen Kaffee geholt und als ich wieder da war, da...ich will Sie wirklich nicht aufhalten, ist ja schließlich nicht ihr Problem."

Der alte Mann zwingt sich zu einem müden Lächeln. Seine Zähne sind strahlend weiß, perfekt gepflegt. Leuchten, so wie seine Klamotten. Nur seine Augen, zwei bodenlose Seen aus Grau und Glanzlosigkeit.

„Ganz und gar nicht. Ich bin selbst auf der Suche nach meinem Hund. Rocco ist erst zwei, er kann noch nicht auf sich selbst achtgeben."

Atticus beäugt den alten, bunten, traurigen Mann von Neuem. Sein Rollator steckt nun vollständig im Schnee, bewegt sich kein Stück voran. Den Mann scheint das allerdings nicht zu kümmern.

„Wie lange ist Ihr Hund schon verschwunden?", fragt Atticus, seine eigenen Augen starr in die seines Gegenübers starrend. Irgendwas ist anziehend an ihm, irgendwas lässt ihn nicht los. Seine traurigen Augen blinzeln, gleichsam verwirrt und gegen die Tränen.

„Seit dreizehn Jahren. Er ist erst zwei, er braucht sein Herrchen. Er ist er zwei, kann nicht allein sein. Er ist erst zwei, ich brauch ihn doch, kann nicht allein sein." Der alte Mann beginnt auch zu zittern. Der Schnee scheint auch ihn erwischt zu haben. „Jeden Tag suche ich nach ihm. Rocco? Rocco! Jeden Tag, und nie bellt er zurück. Aber heute hab' ich ein gutes Gefühl. Es schneit, wissen Sie?"

Atticus weiß, dass es schneit. Weis, warum der alte Mann bei solch schlechtem Wetter mit seinem Rollator durch die Gegend läuft. Weis, dass Rocco nicht mehr zurückkommt.

„Wollen wir...wollen wir zusammen nach Ihrem Hund suchen? Und nach meinem?", bietet Atticus vorsichtig an, vorsichtig einen Arm um den alten Mann legend, vorsichtig seinen Rollator anhebend. „Hey, was halten Sie davon, wenn sie mir verraten, wo Sie wohnen, dann können wir in Ihrer Wohnung anfangen zu suchen. Vielleicht ist er ja mittlerweile zurück, um aus der Kälte zu kommen. Würden Sie nicht auch gerne aus der Kälte entkommen?"

Der alte Mann nickt langsam, und lächelt. „Ja, das würde ich gerne. Glauben Sie wirklich, Rocco wartet zu Hause auf mich?"

Rocco ist tot.

„Ja, da bin ich mir sicher", bemüht Atticus sich trotzdem, „Haben Sie eine Frau oder jemand anderes der zu Hause auf Sie und Ihren Hund achtgibt?"

„Meine Frau, früher."

„Früher?"

„Sie ist gestorben."

„Wann?"

„Vor 13 Jahren."

Atticus seufzt. Die traurigen Augen des bunten Mannes glitzern im schwachen Licht der Sonne.

„Ich verstehe...dann zeigen Sie mir doch mal, wohin wir zwei gehen müssen."

Arm in Arm gehend führt der alte Mann ihn zurück zu den Stufen seiner Wohnung, weit schien er nicht gekommen zu sein. Atticus beobachtet, wie der bunt gekleidete Witwer sich langsam am schneebedeckten Geländer hochzieht und schlussendlich die Haustür erreicht. Bevor er in seiner Wohnung verschwinden kann, ruft Atticus ihm hinterher: „Sie werden morgen wieder nach Rocco suchen, oder?" Anstatt zu antworten, dreht der alte Mann sich nur um und fixiert ihn mit seinen Augen. Die Traurigkeit ist verflogen und einer seltsamen Klarheit gewichen. Dann schließt er seine Tür auf und gleitet geschmeidig in die ihn erwartende Dunkelheit.

Atticus seufzt. Jemand bellt.

Er blickt hoffnungsvoll die Straße hinunter, und durch das Schneegestöber streckt ihm ein kleiner, weit entfernter Hund die Zunge heraus. Es ist nicht seiner, aber einer. Atticus muss sich nicht in seinen Augen spiegeln, um zu wissen was er denkt. Mit einem letzten, aufmunternden Bellen und dem Wedeln seines Schwanzes dreht der Hund sich um und verschwindet für immer im aufgewühlten Septemberschnee.

Von Pie fehlt jede Spur.

Ernsthaft?

„Wie, du ziehst weg?" Melissa war die erste, die sich wieder gefasst hatte und mit weit aufgerissenen Augen ihren Freund anstarrte. Atticus hatte seinen Gesichtsausdruck nicht geändert, und auch nicht gesprochen. Innerlich jedoch brannten Tizians Worte durch jede seiner Poren, seine Lunge sich mit Hitze füllen und sein Atem einem Drachen gleichend.

Tizian strich geistesabwesend über sein Armtattoo. „Ich weiß, is' blöd. Aber so eine Chance bekomm' ich nicht nochmal." Kurz traf sich sein Blick mit Atticus, sein Ausdruck unmöglich zu deuten.

Heute weiß er, dass es Reue war. Heute weiß er so viel mehr.

„Was für 'ne Chance, wovon redest du überhaupt? Ich dachte du hättest grade erst deinen neuen Job angefangen?" Melissa wurde etwas lauter, verzweifelter fast, und lenkte die Aufmerksamkeit einiger Kunden neben uns auf sich. Niemand sagte etwas.

Tizian schüttelte sich kaum merklich, dann kehrte ein wenig seiner entspannt-aufgeweckten Persönlichkeit in ihn zurück. „Hey, wer brauch schon n' dreckigen Job an der Tankstellenkasse? Ich hab 'ne Freundin in Köln, die studiert da, irgendwas mit Medien oder so. Meinte, ich kann da erstmal pennen, während ich mir was Neues suche", er griff über den Tisch und nach Melissas Hand, „Ich kann doch nicht mein ganzes Leben in 'nem Dorf wie diesem versauern wie meine Eltern. Die Großstadt ruft, Freunde!" Er klang kaum von sich selbst überzeugt, doch sein breites Grinsen half darüber hinwegzutäuschen.

Melissa zog langsam ihre Hand weg. „Du...das kannst du uns doch nicht einfach ohne Vorwarnung sagen. Wir brauchen dich, ohne dich macht das alles keinen Sinn. Atticus und ich, das hatten wir als Kinder schon. Nimm uns dich nicht weg, wir wollen nicht wieder Kinder sein verdammt!"

Atticus erinnerte sich an die Zeit vor Tizian, in der Melissa seine einzige enge Freundin gewesen war. Es war die typische Kindergartenfreundschaft, nur dass sie den Kindergarten überdauerte, die Grundschule meisterte und zwischen Literaturanalysen und schlechtem Kioskessen mit einem Dritten im Bunde eine vollkommen neue Dimension erreichte.

Sie war seine beste Freundin gewesen, war es immer noch. Als sie ihre erste Abfuhr erteilte, war er da gewesen. Als er seine erste Abfuhr erhielt, war sie da gewesen. Das erste Mal den anderen nackt sehen, sie waren da gewesen.

Er versuchte sich daher nicht anmerken zu lassen, dass ihn Melissas Wunsch, nicht wieder mit ihm allein zu sein, durchaus ein kleines bisschen verletzte.

„Komm schon, so schlimm ist Atticus dann auch wieder nicht", der zwingend-motivierende Ton passte ziemlich gut zu Tizians zwingend-motivierendem Lächeln. Wieder trafen sich ihre Blicke für einen kurzen Moment.

„Zu zweit langweiligen wir uns doch zu Tode", Melissa begann, wild zu gestikulieren, „Glaubst du, jemand wie Atticus kommt an Gras ran? Glaubst du, jemand wie ich hat das Zeug dazu, uns in irgendwelche Clubs hineinzuflirten? Nein, ich bin gut darin mich über Leute wie Atticus lustig zu machen, die nichts gebacken kriegen. Aber selbst irgendwo zu stehen, keinen Plan zu haben...Mann, das ist scheiße."

„Meinst du nicht, du übertreibst 'nen bisschen? Ich erinnere mich noch gut daran, wie du dem einen Typen damals eine verpasst hast, als der sich meine

Getränke unter den Nagel reißen wollte", Tizian schmunzelte und versuchte erneut – vergebens – ihre Hand zu greifen, „Um Atticus wiederum, um dir mal zuzustimmen, mache ich mir auch mehr Sorgen."

Das schien ihm der beste Zeitpunkt, um auch etwas Tiefgründiges zu der Unterhaltung beizutragen: „Ernsthaft?"

Er wollte so viel mehr sagen, so viel mehr zum Ausdruck bringen. Stattdessen entschied er sich, zum zweiten Mal hintereinander, für „Ernsthaft?", und ließ seinen Blick abwechselnd ungläubig zwischen Tizian und Melissa hin- und herwandern.

Er hielt immer noch seine Hand ausgestreckt, bereit ihre zu nehmen. Vor Atticus jedoch stand nur ein kalt werdender Mandelmilchcappuccino.

„Leute, das sollte wirklich nicht zu dem Stimmungskiller werden, der's jetzt ist. Freut sich vielleicht jemand mal für mich?"

Zugegeben, Atticus freute sich nicht wirklich. Und an Melissas Gesichtsausdruck war abzulesen, dass auch sie wenig hinter der Neuigkeit stand, die Tizian den beiden soeben präsentiert hatte. Keiner der beiden sagte jedoch etwas.

Tizian ignorierte die lautstarke Stille gekonnt und plötzlich kehrte das Funkelnde, das Wilde, das

58

Ergreifende in seine Augen zurück; und da saß er wieder, in seinem zu weit aufgeknüpften Flanellhemd, den wuscheligen Haaren und dem weißen, breiten Lächeln im Gesicht.

„Kommen wir zum besseren Teil des Plans", er lehnte sich entspannt zurück und machte eine dramatische Pause, mit funkelnden Augen an seinem Mandelmilchcappuccino schlürfend bevor er seinen Gedanken beendete, „Ich will die Tür wiederfinden. Die Tür in den Wolken."

Ein letztes abgefucktes Abenteuer

Atticus steht vor seiner Haustür. Allein. Der Schnee fällt stärker als zuvor. Sein Drang nach einer Zigarette ist stärker als zuvor. Sein Drang, zu verschwinden. So wie Pie.

„Die Tür in den Wolken?", brach es gleichzeitig aus Atticus und Melissa heraus. Tizian nickte nur breit grinsend. „Die Tür in den Wolken! Erinnert ihr euch nicht? Am Baggersee?"

Atticus blickte instinktiv auf das Brandloch auf seinen Schuhen. „Doch, doch. Nur...ich dachte, das wäre nichts weiter als eine dumme Fantasie, die dir dein schlechter Joint verpasst hat." Tizian rollte theatralisch mit den Augen. „Ich glaub langsam, das ist das Einzige, was bei dir hängen geblieben ist, oder?" Er schwenke seinen Blick erwartungsvoll zu Melissa, „Weißt du wenigstens noch was anderes als Scheiß Gras?"

„Ich weiß, dass ich dich hinterher nach Hause tragen durfte und du die ganze Zeit irgendwas von dieser Tür gestammelt hast...ich dachte, du seiest einfach

zu voll gewesen, um Sinn zu ergeben", gab Melissa trocken zu.

Tizian rollte demonstrativ mit den Augen. „Ich habe nie behauptet, ich sei nüchtern gewesen, aber ich sag's euch, die Tür war da." Atticus blieb skeptisch. Er hatte Tizian zu dem Zeitpunkt schon einige ziemlich merkwürdige Dinge von sich geben hören, von sprechenden Eichhörnchen, über fliegende Kieselsteine bis hin zu einer die Welt umspannenden Kuppel, die den Himmel projiziert. Aber nie glaubte er am nächsten Tag noch an irgendeines dieser wundersamen Ereignisse.

„Was war hinter der Tür?", wollte Atticus daher wissen, neugierig darüber wie umfangreich Tizians Grasvision gewesen sein musste. Neugierig, was hinter einer Tür in den Wolken stecken musste, um jetzt wichtiger zu sein als sein plötzlicher Umzug.

„Das ist es ja eben, ich weiß es nicht. Der Tag damals war mega, fast perfekt in jeder Hinsicht. Nur, dass wir eben noch nicht so gute Freunde waren wie heute. Noch nicht so viel zusammen durchgemacht hatten", Tizians Bemühen, ihn nicht anzusehen, war auffälliger, als wenn er es einfach getan hätte, „Ich glaube - nein, ich weiß - wenn wir heute alles genauso machen wie letztes Jahr, dann seht ihr die Tür auch. Und vielleicht auch, was dahinter ist",

Tizian hockte sich auf seinen Platz, wackelte wild aufgeregt hin und her. Man sah ihm an, dass er es kaum erwarten konnte.

„Du schlägst also vor, dass wir alles genau so machen wie damals? Uns besaufen, auf die Party gehen, am Baggersee die Enten füttern und hinterher zugedröhnt im Sand liegen? Weißt du überhaupt, ob die Rote Maus heute aufhat?" Die Skepsis in Atticus Stimme kam nicht zu knapp heraus. Er wusste selbst nicht ganz, wieso. Wusste selbst nicht ganz, was ihn so davon abhielt. Der Tag damals war tatsächlich 'mega' gewesen, wie Tizian gesagt hatte. Doch irgendetwas in ihm zweifelte daran, dieses 'mega' wiederholen zu können. Oder überhaupt zu wollen.

Bevor Tizian entrüstet auf Atticus Zweifel reagieren konnte, grätschte Melissa dazwischen: „Ich sag wir machen's. Selbst, wenn nicht alles genau so klappt wie damals, Hauptsache ein letztes abgefucktes Abenteuer mit dir." Sie griff nach seiner Hand, und er hielt sie, „Alle mit allen." Atticus hielt nur seine Tasse. Es hieß Alle für Alle, irgendein peinlicher Catchphrase aus ihrer Jugend. Mittlerweile glaubte er, sie benutzte ihn absichtlich falsch.

„Ist's nicht schon ein bisschen zu spät dafür? Letztes Mal haben wir doch schon mittags angefangen, oder?" Er war noch immer nicht überzeugt. Aber er

wusste auch, dass er dabei sein würde. Egal wie zurückhaltend er sich gab, wie sehr er sich bemühte es nicht zu wollen und auf Tizian sauer zu sein, nichts half gegen seinen tiefer sitzenden Wunsch, bei ihm zu sein.

„Wir müssen einfach ein bisschen improvisieren", Tizian hatte aufgehört, sich auf seinem Platz zu winden und war stattdessen (zur großen Irritation der anderen Gäste) in einem fast theatralischen Akt aufgestanden und lehnte sich nun selbstbewusst auf den Tisch. „Wir gehen zur Tanke nebenan, holen uns den Alk und setzen uns irgendwo auf den Spielplatz, da ist grade sowieso niemand."

„Waren wir letztes Mal nicht verkleidet? War nicht Karneval oder sowas?" Melissa tat es ihm gleich und hatte sich ebenfalls von ihrem Platz erhoben, allerdings sah es bei ihr weniger manisch aus, mehr als wolle sie tatsächlich gehen.

„Wir tauschen einfach unsere Klamotten, das zählt auch als Verkleidung. Ich weiß zwar nicht, ob mir deine Lederjacke passt, aber hinterher ist man immer schlauer. Austrinken, und los!" Ohne auf eine Antwort zu warten, joggte Tizian mit einem breiten Lächeln aus dem Café und blickte sich nicht einmal um.

Melissa und Atticus sahen sich kurz schweigend an, und für einen verschwindenden Augenblick huschte die gleiche Traurigkeit über ihre Gesichter, zeigte sich die gleiche, wissende Erkenntnis.

Dann lachten auch sie und stürmten ihrem scheidenden Helden hinterher.

Wodka auf Flanell

Atticus sucht fieberhaft nach seinen Autoschlüsseln. Er kann nicht mehr warten. Braucht mehr als den Schnee. Er muss es wissen, will es wieder wissen, nach all den Jahren. Muss wissen, ob er die Tür wiederfinden kann.

Das letzte Mal mit Tizian und Melissa, das letzte Mal am Baggersee. War die Tür in den Wolken hoch über ihm schwebend verschlossen geblieben. Er muss wissen, will es wieder wissen. Muss wissen, ob sich die Tür öffnen würde. Und ob er was dahinter finden kann.

„Gar nicht so eng, wie ich gedacht hatte", stellte Tizian überrascht zufrieden fest, als er Melissas Lederjacke überzog, nur noch sein Unterhemd darunter. Die kurzen Haare auf seiner Brust waren lockig, wie sein Haar, und kräuselten sich an einigen Stellen durch den weißen Stoff des Unterhemdes.

Sie hatten sich etwas Wodka aus der Tankstelle besorgt und waren in freudiger Erwartung zurück zur alten Kreuzung am Rande der Stadt gefahren, ihren Rückzugsort zum ungestörten Umziehen und Trinken nutzend.

Atticus stand noch oberkörperfrei auf der Lichtung am Straßenrand, das weiche Flanellhemd von Tizian in seiner Hand, abgelenkt vergessend, dass er es noch überstreifen musste. Er sah gut aus in ihrer Lederjacke.

Er wusste nicht, ob man das gleiche von ihm behaupten konnte. Das Hemd hing wie ein zugegebenermaßen hübscher Sack an seinem schlaksigen Körper herunter und wurde von ihm nicht annähernd so ausgefüllt wie vom größeren und kräftigeren Besitzer.

„Kaschierend", bemerkte Melissa nur trocken, derweil in Atticus Hemd gutaussehend. Tizian versuchte sich nicht einmal sein Grinsen zu verkneifen, sagte allerdings nichts. Aber es war ein gutes Grinsen. Sein gutes Grinsen.

Gefunden. Die Autoschlüssel liegen unter einem Haufen an Kochzeitschriften vergraben, die er sich noch nie zuvor angesehen hat. Und vermutlich auch nie ansehen wird.

Atticus fährt ein dreckiges, zerkratztes, gurgelndes Überbleibsel aus der Vergangenheit, einen Wagen halb so alt wie er. Gebraucht gekauft, zusammen mit einem Ex oder einer alten Flamme. Leider hat das Auto nicht in den Keller gepasst, zum Rest der Relikte. Stattdessen parkt es einige Straßen entfernt unter einer alten Eiche, meist vollgeschissen von alten Tauben oder Spatzen. Er arbeitet in der Stadt, bewegt es kaum, bewegt lieber sich und seinen Hund. Bewegte. Atticus hofft, dass noch genug Sprit im Tank übriggeblieben ist von seinem letzten Ausflug zum Gartencenter außerhalb.

Der Kaktus ist trotzdem gestorben.

Tizian holte Melissas Packung Zigaretten aus ihrer Lederjackentasche. Sie sah kurz so aus, als wolle sie protestieren, überlegte es sich dann aber doch anders. Sie musste wohl geahnt haben, dass sie auch eine ihrer eigenen Zigaretten angeboten bekommen würde und hielt sich deshalb im Augenblick zurück, bis auch ihr die Schachtel entgegengestreckt wurde.

Kurz darauf waren sie alle versorgt und bliesen sich gegenseitig den weißen Rauch ins Gesicht, abwechselnd hustend und seufzend, den zeitlosen Moment aufsaugend und bewahrend.

„Wann wollen wir zur Roten Maus fahren? Machen die überhaupt schon vor neun Uhr auf?", durchbrach Atticus irgendwann die einvernehmliche Stille.

„Heute schon um sieben, hab' extra angerufen und uns 'nen Platz reserviert", antwortete Tizian mit geschlossenen Augen, langsam Rauch aus seinen

Nasenlöchern entweichen lassend. In dem Moment wurden Atticus einige Dinge bewusst. Zum einen schmeckte ihm die Zigarette plötzlich nicht mehr. Zum anderen schien Tizian dieses Abenteuer mit seinen Freunden nicht ganz so spontan vorgeschlagen zu haben, wie es zunächst schien.

Und die Bilder von gestern strömten plötzlich wieder in seinen Kopf, nur um schnell wieder zu verschwinden.

Atticus begann zu frieren. Der Wind wurde kälter je tiefer die Sonne den Himmel hinunterrutschte. Tizian hatte den heutigen Tag geplant, lange vorher. Vielleicht sogar seit er beschlossen hatte, wegzuziehen. Tizian hatte immer nach der Tür in den Wolken suchen wollen – ob mit oder ohne ihn.

Es gehört einiges dazu, sich in der eigenen Stadt zu verlaufen. Noch schwieriger wird es im eigenen Wohngebiet. Und doch geistert Atticus seit fast fünfzehn Minuten durch die Nebenstraßen um seine Wohnung, erfolglos sein Auto anpeilend.

Dass er Pie, einen kleinen Hund ohne Alarmanlage oder Aufschlussgeräusch nicht in diesem Schneegestöber gefunden hat, scheint Atticus noch entschuldbar, wenn nicht minder tragisch. Doch zu vergessen, wo sein Auto steht und wartet, seit nunmehr sieben Wochen, hätte er selbst sich nicht zugetraut. Dazu kommt noch, dass er durch die streckende Länge der Suche mehr Zeit nachzudenken hat als geplant. Wie soll er bei dem Schnee überhaupt aus der Stadt herauskommen? Wie soll er den alten Club, geschweige denn den Baggersee wiederfinden? Wie soll er ohne Pie zuhause nicht vereinsamen?

Er schüttelt sich. Nein. So nicht. Er muss es versuchen. Nicht versäumen.

Der Wodka schmeckte scheußlich. Die Tankstelle hatte keinen Saft mehr gehabt, also blieb ihnen nichts anderes über, als das klare Gebräu pur ihre Rachen hinunterzukippen. „Dein letztes Besäufnis mit uns und du gönnst uns Billigwodka. Danke, echt, könnte nicht besser sein", brachte Atticus griesgrämig zwischen dem gelegentlichen Würgereiz hervor.

„Sei froh, dass wir überhaupt was haben. Die Tanke war jetzt nicht gerade die am besten ausgestattete", verteidigte sich Tizian mit einem schnellen Augenrollen. Atticus grunzte nur, sagte aber nichts mehr. Er zweifelte daran, dass der komplizierte Nachmittag noch in einen unkomplizierten Abend münden würde. Zweifelte daran, ob er überhaupt mitansehen wollte, ob es funktionieren würde. Etwas Wodka tropfte auf das weiche Flanell an seinem

Körper. Durchdrang es, bis auf seine Haut. Er nahm einen weiteren Schluck, in der Hoffnung die Gänsehaut zu vergessen.

„Pass gefälligst auf mein Hemd auf, ich will morgen früh nicht nach irgendeiner Mischung aus deinem Schweiß und Billigfusel riechen", fuhr Tizian ihn verschmitzt grinsend an. „Das sagt der Richtige, du hast schon fast zweimal ein Brandloch in meine Lederjacke gedrückt du Idiot", verteidigte Melissa ihn und rollte mit ihren dunkel geschminkten Augen.

Sie begannen zu lachen, bald über andere Dinge und Geschichten. Von Früher, von Jetzt, von Bald. Und doch war Atticus nicht danach. Er sah den komplizierten Abend vor sich. Und erneut seine Zweifel daran, ob er überhaupt mitansehen wollte, ob es funktionieren würde.

Und er war nicht stolz darauf, wie er sich fühlte. War nicht stolz darauf, dass er sich unwohl neben Tizian fühlte, wohlwissend, dass es überhaupt die letzte Möglichkeit war sich neben ihm zu fühlen.

Die alte Eiche mit den alten scheißenden Tauben steht prächtig am Ende der Straße und schützt sein altes Auto vor allem Äußeren – außer alter Taubenscheiße.

Zu sehen ist von der roten Karosserie nicht viel, zu dick liegt der Schnee bereits auf dem farbigen Lack. Irgendwelche Kinder haben bereits einen großen, schiefen Smiley in den weißen Puder auf seiner Windschutzscheibe gezeichnet. Darunter erkennt er das unaufgeräumte Innere seines Wagens; leere Wasserflaschen, Zigarettenschachteln, die jeweils die wirklich letzte gewesen sein sollten, und Kekskrümel auf dem angerissenen Beifahrersitz. All das bringt ihn zum Lächeln. Unter so viel Schnee, doch noch so viel von ihm.

Er schließt den Wagen auf, wischt Scheiben und Dach sauber, steigt ein und fährt los, tiefer in den Schnee.

Auf der Suche nach der Tür in den Wolken und sich selbst.

Es riecht immer noch nach Bier

Atticus hat Glück, muss sich fast in seinem Jubel zurückhalten, als er die alten, ausgebrannten Überreste der Roten Maus hinter den Bäumen neben der Landstraße entdeckt. Er hat natürlich nicht damit gerechnet, hier tatsächlich noch einen Club anzutreffen, mit jungen Leuten, die halbnackt aneinanderkleben und sich mit ihren Händen wie panische Oktopusse umklammern. Dass überhaupt noch Umrisse der Vergangenheit, von Gras umwuchert und Feuern verrußt, übrig geblieben sind, reicht Atticus also vollkommen aus. Er will schließlich nur hier sein, nicht hier verweilen.
Aber etwas ist anders. Es liegt Schnee. Damals kam dieser erst in der nebeligen, ausgetanzten Nacht vom Himmel.

Zusammen saßen sie im zerkratzen, ausgebeulten Twingo von Tizians Stiefvater, den sie sich mehr oder minder ungefragt ausgeliehen hatten. Sie waren angetrunken, ganz Tizians Spielanleitung folgend. Die Klamotten, die sie sich gegenseitig angezogen hatten, rochen bereits nach seinen Zigaretten und

Atticus Deo. Melissa hatte sich nicht beschwert, schließlich war es ihre Schachtel gewesen. Sein Hemd war ihr viel zu groß, saß allgemein unglaublich schlecht. Aber Atticus gefiel es. Mochte, wie sie darin noch mehr aussah wie sie selbst, gefangen im Stoff eines anderen. Er fuhr, bremste, parkte am Ende ein paar hundert Meter vom Eingang des Clubs entfernt.

„Und wie gedenkst du jetzt hier reinzukommen? Die Schlange ist bestimmt hundert Meter lang, das schaffen wir nie vorm letzten Song. Egal ob reservierter Tisch oder nicht." Atticus lallte bereits ein kleines bisschen; durchschnittlich steckte er Alkohol weit schlechter weg als Tizian oder Melissa. Einmal hatte er Silvester nicht einmal bis Mitternacht durchgehalten, da seine zwei Bier und der halbe Dosensekt ihn verfrüht ins Land der Träume verfrachtet hatten. Melissa hatte ihn aufwecken müssen, nur damit er ihr einen abwesenden Schmatzer auf die Wange drückte und wieder einschlief.

„Boah, hör' doch mal auf dir immer Sorgen zu machen über alles. Tizian weiß schon, wie er das macht, hab' ich Recht?", wies Melissa ihn in seine Schranken und stupste danach ihren Freund in die Seite.

„Da könnt ihr euch drauf verlassen", Tizian zwinkerte ihnen zu, dann ging (oder torkelte) er schnurstracks vorbei an der Schlange von bunt gekleideten, lautstark die Musik aus dem Inneren der Roten Maus mitgrölenden Partyaspiranten und kam vor dem breit gebauten, blondierten Türsteher zum Stehen. Es wurden Worte gewechselt, einige sogar. Minutenlang.

Ein strenger Hauch von Bier wurde vom Wind zu ihnen getragen. Kitzelte seine Nase. Er ignorierte es.

„Immer noch so viel Vertrauen in deinen Helden?", grinste Atticus Melissa schadenfroh an. „Ach halt doch den Mund du Idiot", warf sie ihm an den Kopf, sichtlich enttäuscht von ihrer offensichtlichen Miskalkulation. Doch dann klang plötzlich Tizians dunkle, raue Stimme aus der Ferne zu ihnen: „Kommt Leute, ich hab' nicht den ganzen Abend Zeit!" Melissa haute ihm gegen den Arm, dann streckte sie Atticus triumphierend die Zunge raus. „Kein Wort...", murmelte er, bevor beide zum Eingang der Roten Maus joggten.

Atticus steht wieder in der Schlange, nur ohne die bunt gekleideten, lautstark grölenden Partygänger vor ihm zu haben. Er ist allein. Wartet allein darauf, eingelassen zu werden, in die Ruine. Es ist schließlich kalt, beginnt wieder zu schneien. Er widersteht dem

Drang, über das stumme Geschrei hinweg den Türsteher anzupöbeln. Bleibt stattdessen still. Irgendwie riecht es immer noch nach Bier.

„Wie hast du das denn bitte angestellt?", war das Erste, was er Tizian fragte, als sie ihre Jacken weggehangen hatten und den bunt beleuchteten Tanzsaal betraten. Dieser grinste nur verschmitzt. „Das war Samir", antwortete er mit einer unübertroffenen Selbstverständlichkeit. „Natürlich, wer auch sonst. Und was sagt mir das jetzt?"

Tizian und Melissa rollten fast gleichzeitig mit den Augen. „Warum erzähl ich dir überhaupt noch irgendwas?" Tizian seufzte, Melissa schüttelte mit dem Kopf. „Echt traurig, Atticus."

„Ihr...aber...ach fickt euch doch", stammelte er und stieß einem lachenden Tizian in die Rippen, „Von mir bekommst du heute kein Getränk mehr ausgegeben." „Na, dann bleibt das wohl an mir hängen. Wer will 'nen Drink?", bot Melissa an. Erst jetzt fiel Atticus wieder auf, wie sehr die Rote Maus nach Bier stank. Es war als hätte jemand das Holz der Wände damit einbalsamiert, den Boden damit gewischt, die Toiletten damit gereinigt.

Er erinnerte sich nicht daran, dass es vor einem Jahr ebenfalls so schlimm gestunken hatte. Erinnerte sich ohnehin nicht mehr daran, dass er letztes Jahr hier irgendwas anderes gerochen hatte, außer die Vorboten des schleckten Gras.

Kein Gras mehr, nur Bier.

Bier.

Atticus steht im Schnee.

Es riecht immer noch nach Bier.

Traurige Augen im Neonlicht

Bevor sie ausbrannte, verlassen und gemieden wurde, war die Rote Maus für ihr billiges Bier, die ranzigen Toiletten und die gute Musik bekannt. Scharen von Jugendlichen und jungen Erwachsenen strömten förmlich durch die zerkratzten Türen des Etablissements, tranken und trampelten und tanzten sich zu Tode. All das im stilvollen Schein des rot-blauen Neonlichts über der Tanzfläche.

Atticus hat weder billiges Bier noch ranzige Toiletten oder auch nur mittelmäßige Musik, als er allein in der verschneiten Ruine steht. Doch das Neonlicht scheint auch Jahre später noch nach und wirft seine ominösen Schatten auf den unbefleckten Schnee.

„Bock zu tanzen?" Tizian musste gegen die laute Musik und das noch lautere Gerede anbrüllen, um nicht von einer Kakophonie aus Hintergrundgeräuschen verschluckt zu werden.

Sie hatten bereits einige Bier bestellt und einige mehr getrunken, was Atticus ein wenig zur Ruhe hatte kommen lassen. Doch irgendwo in seinem Hinterkopf war es noch. Das Gefühl, irgendwas falsch zu machen. Das Gefühl, sich falsch zu fühlen.

„Klar, ich dachte schon du fragst nie!", grölte Melissa angeheitert zurück. Sie liebte es zu tanzen, mehr als jeder andere den Atticus je kennengelernt hatte. Und er kannte viele Tanzenthusiasten. Doch Melissa war anders als die anderen. Melissa tanzte nicht für andere. Nein, sie tanzte nicht einmal für sich selbst. Melissa tanzte für das Tanzen. Bewegte sich, weil Bewegungen existierten, um von ihr bewegt zu werden. Es war nicht immer der eleganteste Tanz, nicht immer der taktvollste. Aber immer der schönste, weil es der ehrlichste war. Weil sie nicht einmal sie selbst sein musste, in diesen Momenten der Freiheit.

Die beiden drehten gleichzeitig ihren Kopf zu Atticus, ihre Blicke ihre Frage verratend, bevor sie überhaupt ausgesprochen werden musste.

„Wenn ihr unbedingt wollt", murmelte er nur, nicht einmal laut genug, um über den dröhnenden Lärm hinweg gehört zu werden. Verstanden hatten sie ihn trotzdem. Und das Flanell kratzte seine nackte Haut unter dem Hemd.

„Na dann", Tizian entfernte seine Augen wieder von Atticus und funkelte stattdessen Melissa an, „Darf ich bitten?" Sie lächelte überlegen. „Du musst sogar."

Atticus war kein großer Tänzer. Es wäre zu einfach gewesen zu sagen, er hasste tanzen. Nein, es war schlichtweg nichts, was er besonders gerne machte, noch etwas wo er besonders gut drin war. Und er konnte darauf verzichten, zwei besonders guten Tänzern, die es schlichtweg besonders gut machten, dabei zuzusehen, wie sie zusammen mehr Spaß hatten als er allein.

Aber es war Tizians letzter Tanz in der Roten Maus. Also sah er zu. Tizian im Neonlicht, bei guter Musik und dem Geruch von ranzigen Toiletten und billigem Bier. Sich wunderschön bewegend, im Neonlicht.

Also begann auch Atticus, die Musik zu akzeptieren, sich von ihr durchschütteln lassend. Und vielleicht war es der Alkohol, die Zigaretten oder beides, aber er hatte Spaß. Für einen kurzen Moment, das erste Mal in seinem Leben verstand er, was am Tanzen so fantastisch sein musste. Verstand er, wieso Melissa mit geschlossenen Augen und wirklicher Zufriedenheit wild um Tizian herumwirbelte. Und er war glücklich. Denn da war nichts, kein Umzug, keine Eifersucht, kein Tag davor oder danach. Nur die Musik und sein eigenes, breites Grinsen.

Bis er seine Augen sah.

Atticus setzt sich auf den schneebedeckten, verbrannten Holzbalken, der sich quer über das übergebliebene Steinfundament erstreckt und blickt weg von den weiterscheinenden rot-blauen Reflektionen des vergangenen Neonlichts, hinein in den Wald aus Eis, und Holz und Schwärze.

Wieso ist er hier? Wieso konnte er die Ente nicht einfach in Ruhe lassen? Wieso kann im September nicht einfach Schnee fallen?

Wieso kann er seine Augen nicht vergessen, und alles darin und danach?

Seine Augen.

Er hatte es nicht gesehen. Nie, jemals, schon gar nicht überhaupt. Aber hier, im Neonlicht, ganz deutlich. Seine Augen. Nicht funkelnd, nicht freundlich, nicht lachend, nicht liebend. Tottraurig. Vergessend. Und ehrlich.

Tizian tanzte, und lachte, und schrie. Hüpfte, und rauchte und trank. Mit Melissa, mit Fremden, mit ihm. Tanzend, lachend, schreiend. Hüpfend, rauchend, trinkend. Starb er, immer ein kleines bisschen auf einmal. Und dann sah er ihn an.

Rot-blaue Tränen, gefangen im Licht der flackernden Neonröhren. Rot-blaue Tränen, auf die tiefdunkle Lederjacke tropfend. Rot-blaue Tränen, im Rhythmus der Musik vibrierend.

Und die Bilder von gestern strömten wieder in seinen Kopf.

Dann war der Song vorbei, und die Tränen versiegten.

Atticus hat kein billiges Bier. Riecht keine ranzigen Toiletten. Hat keine Musik. Und doch tanzt er, allein in den ausgebrannten Ruinen der Roten Maus, umgeben von Schneeflocken und herannahender Dunkelheit. Das Neonlicht heller als jemals zuvor.

Ich meine, alles gut bei uns?

Sie tanzten noch eine gefühlte Ewigkeit weiter. Tizian, durchnässt von Schweiß und verschütteten Drinks, verließ die Tanzfläche nur, um sich ein weiteres Bier zu holen oder vor dem Club eine Zigarette zu rauchen. Doch Melissa verweilte ununterbrochen inmitten des Neonlichts, Bewegungen bewegend und in Ekstase wie in Trance die anderen Gäste in die Ecke tanzend.

Tizian ging seinen Blicken aus dem Weg. Verbarg seine Augen vor Atticus und dem Licht. Sah – mit einem Lächeln – an ihm vorbei.

Die Nacht brach mittlerweile über sie herein und Atticus setzte sich allein an eine im Schatten gelegene Eckbank, erschöpft am Rest seines warm gewordenen Biers nuckelnd.

Er hatte es nicht geahnt.

Tizians Augen weiterhin vor ihm verborgen.

Gewusst, vielleicht.

Aber nicht geahnt, wie verdammt anders alles hatte kommen müssen.

„Alles gut bei dir?" Bevor Atticus von seinem Getränk aufblickte, erkannte er die dunkle, kratzige Stimme neben ihm. Tizian hatte die Lederjacke mittlerweile um seine Hüfte gebunden, das Unterhemd darunter nichts von seinen Tattoos und Haaren und Schrammen verdeckend.

„Ich meine, alles gut bei uns?", setzte er noch nach, eine gewellte Locke aus seinem verschwitzten Gesicht streichend.

Die Musik verstummte. Das Neonlicht erlosch. Selbst der Gestank der ranzigen Toiletten schien kurz auszusetzen.

Ich meine, alles gut bei uns?

Seine Augen waren leer dabei, unbeleuchtet, unlesbar. Atticus wusste nicht weshalb, aber irgendetwas in ihm hatte diese Worte den ganzen Tag hören wollen.

Irgendetwas in ihm hatte schreien wollen „Nein, auf keinen Fall." Irgendwas in ihm hatte schreien wollen „Ja klar, lass uns weiter feiern".

Irgendwas in ihm hatte schreien wollen „Wie kommst du darauf, dass irgendwas nicht okay ist?".

Stattdessen nur Stille. Ein müdes, erzwungenes Lächeln umspielte Tizians Lippen. Atticus wusste, was sein Freund als Antwort hören wollte. Was gehört werden musste.

Stattdessen nur Stille.

„Hey, ihr Spielverderber!", Melissa kam auf sie zu gerannt, keiner zunächst den Blick vom andern lösend. Sie rüttelte an Tizians Schulter. „Ihr glaubt nicht, was grade abgeht!"

Die Stille zwischen ihnen bereitete sich aufs Zerreißen vor. Aber keiner wollte zuerst loslassen. Keiner wollte zugeben, keine wirkliche Antwort auf die Frage zu haben.

Ich meine, alles gut bei uns?

Die Bilder von gestern strömten wieder in seinen Kopf. Nein, noch nicht. Nicht mehr heute. Er war müde, brauchte die Erinnerung nicht. Verbannte die Bilder zurück ins Nichts.

Und Tizians Augen schrien „Warum?".

„Leute", Melissa sprang zwischen sie und wedelte mit den Armen, „Ihr müsst mit rauskommen, los!"

Als hätte jemand bei ihm einen Schalter umgedreht, setzte Tizian sein großes, leuchtendes Lächeln auf und bringt seine Augen erneut zum Funkeln. Er legt seinen tätowierten Arm um Melissa in Atticus Hemd. „Was gibt's?"

Atticus wollte nicht einmal zuhören, was sie Wichtiges zu sagen hatte. Wollte nicht einmal zusehen, wie die beiden wieder einmal Arm in Arm durch die Gegend stolperten.

Wollte nur noch weg von hier, weg von ihr. Weg von ihm. Und er hasste sich dafür.

Melissa und Tizian standen nun unmittelbar vor ihm, Gesichter voller Freude und Hoffnung und Spaß. Standen vor ihm, nichts anderes in sein Blickfeld kommen lassend. Standen vor ihm, zusammen.

„Atticus", seine dunkle Stimme noch dunkler, das Kratzen noch viel kratzender, „Es schneit."

Er blickte zu den Fenstern am äußeren Ende der Tanzfläche, und tatsächlich. Schnee. Flocken, so dick wie Weintrauben schwebten gemächlich vom dunklen Himmel und deckten den zertrampelten Rasen vor dem Club in eine weiße, weiche Decke.

Die gleiche, weiße Decke, die er jetzt betrachtet. In der noch die frischen Fußspuren der Tiere zu sehen sind, die nach der Dämmerung zurück in ihren Wald gewandert sind, fast ein zweites Mal vollkommen mit Schnee überzogen. Doch wie schon der Schein des Neonlichts ist auch etwas anderes von damals im Schnee übriggeblieben.

Atticus begleitet Tizian und Melissa nach draußen, die frische Eisschicht noch kaum einen Zentimeter dick. Seine Freunde vor ihm torkelten bereits, und Atticus selbst hatte ebenfalls Mühe, nicht in Slalomlinien den frisch beschneiten Rasen zu überqueren. Melissa stolperte, Tizian hielt sie fest. Tizian plumpste zu Boden. Melissa hielt ihre Hand bereit. Atticus, zwei Schritte dahinter, schwieg.

Ich meine, alles gut bei uns? *Er war sich immer unsicherer. Mit jedem Schritt auf Schnee, jedem Tritt auf zertrampeltem Gras wurde es weniger. Und die Frage in seinem Kopf mehr. Und die Bilder. Von gestern.*

Beide fielen vor ihm auf den Boden, mussten sich wohl gegenseitig mit runtergezogen haben. Lachten. Versuchten, sich gegenseitig hochzuziehen. Fielen wieder auf die Knie, den Hintern, die Seite. Als hätten sie ihn vergessen.

Und küssten sich.

Als hätten sie ihn vergessen.

Dann ließen sich Tizian und Melissa auf den Rücken fallen, Hand in Hand die Arme hoch und runter bewegend. Schneeengel, im hauchdünn mit Schnee bedeckten Dreck. Schneeengel, zusammen durch den Himmel fliegend.

Schneeengel. Direkt vor ihm, frisch, von gestern. Nein. Vor einer halben Ewigkeit. Eine einsame Träne rennt seine Wange hinunter.

Schneeengel. Als hätten sie ihn vergessen.

Ich meine, alles gut bei uns?

Noch ein Dreher am Rädchen

Die Dämmerung ist endgültig eingebrochen, und Atticus sitzt wieder im Auto. Erkennt die Rote Maus im Rückspiegel, kleiner werdend in die Ferne verschwindend.

Er greift Richtung Radio und dreht die Musik auf, die ihm gerade gefehlt hatte. Muss etwas anderes hören als sich selbst. Noch laufen die Nachrichten. Schnee überall. Sturm überall. Als Nächstes Hardrock aus den 90ern. Atticus dreht am Rädchen und schaltet den Sender um. Deutschrap ist schlimmer. Noch ein Dreher am Rädchen. Die ersten drei Noten eines Schlagerlieds klingen an. Noch ein Dreher am Rädchen.

Indie Rock. Das Rädchen ungedreht lassend lächelt er halbherzig und achtet wieder auf die leere Landstraße vor ihm. Es hat aufgehört, stark zu schneien. Stattdessen fliegen nur noch gemächlich ruhige Schneeflocken der Windschutzscheibe entgegen. Landen auf ihr, um kurz darauf zu schmelzen.

Er weiß, wohin er fahren müsste, um sich weiter zu verfolgen. Weiß, wohin er nicht fahren will. Noch nicht. Stattdessen fährt er einfach. Nirgendwo hin.

Der Indie-Rock Song schwillt an zu seinem ersten Refrain. Atticus hat noch nie davon gehört, hört aber sowieso nur halbherzig zu. Seine Augen sind weiterhin starr auf die Straße geheftet. Auf das herbeikriechende Dunkel, welches die Umgebung langsam, aber stetig vereinnahmt. Ob es die Rote Maus schon erwischt hat? Die Holzbalken verschlungen, das Steinfundament aufgesogen, das Neonlicht ausgelöscht; eingefangen bis zum nächsten Morgen?

Er vermisst Pie. Er hat sich noch nicht die Chance gegeben, darüber nachzudenken, was nun passieren würde. Muss er irgendwen benachrichtigen? Allein in den Hundepark, seinen Freunden die Nachricht überbringen? Seinen alten Besitzer besuchen, es sich von der Seele reden?

Weiter nach ihm suchen, im Schnee?

Vielleicht ist er mittlerweile in den Keller gelaufen, zu den restlichen Relikten. Neben der rosa Ente und dem Rest aus alten Tagen. Den Bildern in seinem Kopf.

Vielleicht ist er gerne gegangen. Wer kann's ihm verübeln? Einfach raus, weg, hinfort. Vielleicht hätte Atticus einfach weglaufen sollen. Durch die Tür, verschwunden.

Die Tür in den Wolken.

Er hört sie fast flüstern, mit Tizians Stimme. Der Grund für alles, was ist und war und wird. Weiß, wohin er fahren muss. Wohin er noch nicht will.

Er nähert sich dem Ende der Landstraße. Das rote Stoppschild wird angeleuchtet von den letzten Strahlen der schwindenden Sonne. Ein Loch aus Licht in den grauen Wolken, die so prominent den Himmel beherrschen.

Der Song ist vorbei. Er ihn bereits vergessen. Wieder Deutschrap. Noch ein Dreher am Rädchen.

Nachrichten, aber andere. Tote überall. Entführte überall. Als nächstes Verhungerte überall. Und dann Lady Gaga.

Das Stoppschild stoppt ihn. Er weiß, wohin er fahren müsste. Weiß, wohin er nicht fahren will. Die Bilder in seinem Kopf werden wieder lauter, so wie damals. Werden ungeduldiger.

Hinter Atticus, in der angedunkelten Ferne der Landstraße, nähern sich die Lichter eines weiteren

Wagens. Die Landstraße ist lang, also hat er Zeit. Zeit zu entscheiden.

Noch ein Dreher am Rädchen.

Entscheiden, was das Richtige ist.

Noch ein Dreher am Rädchen.

Wohin er fahren muss.

Noch ein Dreher.

Aber nicht fahren will.

Das Rädchen ungedreht.

Er biegt links ab, kurz bevor die Lichter hinter ihm ihn erreichen. Dann brechen die Bilder über ihn herein. Die Bilder vom Tag vor dem Mandelmilchcappuccino. Dem Tag vor der Roten Maus. Vor den Schneeengeln und dem Vergessen.

Die Bilder von damals, gestern.

Gestern (I)

Wer färbt denn eine Ente rosa?

„Und du bist sicher, dass wir uns hiermit nicht blamieren?"

„Nö, ich bin mir sogar ziemlich sicher, dass wir der Lacher der Party werden."

„Was, du meintest doch das sei in Ordung!"

„Bezweifle ich eigentlich eher stark. Ich meine, schau's dir doch mal an. Ne fucking rosa Ente, und nicht mal eine schöne."

Die Haustür öffnet sich und unterbricht Atticus und Melissa in ihrer Diskussion rund um das geschenkverpackte Acrylgemälde unter ihrem Arm. Eine dunkle, von zu vielen Zigaretten gezeichnete Stimme begrüßt sie, das helle breite Grinsen schon in seinen Worten zu erkennen.

„Hey ihr zwei! Halb Acht war zwar vor 'ner Stunde, aber noch ist genug zu trinken da. Kommt rein."

Er präsentiert ein Flanellhemd (was auch sonst) und hat die oberen zwei Knöpfe offen gelassen, damit auch gar jeder seine trainierte, leicht behaarte Brust bewundern kann. Sein gelocktes Haar trägt er, wie immer zu besonderen Anlässen, im wild zusammengesteckten Dutt am Hinterkopf.

„Ich dachte, du hast Schmitti eingeladen – wie ist da noch was zu trinken über?", Melissa grinst und nimmt ihn in den Arm, „Alles Gute zum Geburtstag, du Idiot." Sie umarmen sich für eine Zeit, dann macht sie Platz für Atticus und das perfekt verpackte Geschenk unter seinem Arm.

„Hey", Atticus murmelt schon fast, so sanft ist seine Stimme. Tizian lächelt ihn an, und er lächelt zurück. Ihm ist warm, und er weiß schon bevor die Party losgeht, dass es ein Fehler war, einen Pullover über sein Hemd zu ziehen. „Selber hey. Her mit dem Geschenk!" Tizian zwinkert ihm zu, seine Augen wie immer vor Energie funkelnd. Atticus denkt kurz, etwas anderes darin zu sehen, macht sich aber nichts daraus.

Sie umarmen sich ebenfalls, Pullover auf Flanell gedrückt. Tizian gibt Entwarnung, als Atticus ihn auf seine Hundehaarallergie aufmerksam macht. Der Hund sei außer Haus. Also atmet er ein, das Gesicht auf seiner Schulter. Er hat ein neues Parfüm drauf, vielleicht zum Geburtstag bekommen. Es riecht irgendwie trotzdem schon nach ihm.

„Dieses Monster von Geschenk haben Atticus und ich selbst erschaffen, wir können also niemandem die Schuld dafür geben", leitet Melissa das Acrylgemälde ein kurz bevor Tizian das gepunktete Papier zerreißt, „Atticus meinte, du würdest verstehen, was das soll. Ich bin nur Trittbrettfahrerin."

Tizian grinst, und als er das Geschenkpapier vollständig von der rosa Ente geschält hat und das Bild in seiner ganzen Pracht betrachtet, wird sein Grinsen noch breiter. „Fuck", ist das Erste was er herausgehaucht bekommt, seine Augen noch immer nicht von der penetranten Farbe oder dem unförmigen Hauptmotiv nehmend.

„Ist das ein gutes oder schlechtes 'Fuck'?", fragt Atticus vorsichtig, wobei Tizians Ausdruck nicht wirklich Raum lässt für Fragen der Art. „Das beste 'Fuck', das es gibt!" Er ist noch immer wie in Trance mit dem Bild verschmolzen. Melissa schließt langsam ihren zuvor erstaunt offenstehenden Mund und schüttelt nur langsam den Kopf. „Ich hab's dir ja gesagt", raunt Atticus ihr zu und lächelt sie übertrieben breit an. Sie rollt die Augen, kann sich aber ein Grinsen ebenfalls nicht verkneifen.

„Wie kannst du dich daran überhaupt noch erinnern verdammt?" Tizian hat es geschafft, sich für einen

Augenblick von seinem Geschenk zu trennen und schaut Atticus direkt an, seine Augen noch leuchtender als sonst. Er zuckt nur mit den Schultern. „Weiß nicht, sowas merkt man sich halt, als Freund." Atticus muss dringend den Pullover loswerden, sein Gesicht glüht, sein Bauch brennt. Er fühlt sich gut, wäre ihm nicht so verdammt warm.

„Jetzt reichts mit der Geheimniskrämerei. Klärt mich auf, was ist so besonders an einer schlecht gemalten rosa Ente?" Melissa schaut von einem zum anderen, die Augenbrauen in Erwartung hochgezogen.

Tizian, wieder das Bild fixierend, seufzt melancholisch. „Ich bin 16 geworden, vor ein paar Jahren. Da kannten wir zwei uns noch gar nicht, und Atticus hab' ich zwar registriert, aber nie angesprochen, ganz zu schweigen ihn auf meinen Geburtstag einzuladen. Gefeiert haben wir bei meinen Großeltern aufm Hof, draußen vor der Stadt, ein paar Kilometer neben der Roten Maus."

„Je später der Abend, desto mehr Bier war nicht mehr im Fass, sondern in uns. Und ja, vielleicht sind auch ein oder zwei unfreiwillig erschienene Joints herumgereicht worden", er versucht, unschuldig dreinzuschauen, scheitert allerdings miserabel.

Melissa gluckst. „Na, das fängt ja gut an."

„Jedenfalls waren wir recht schnell recht gut drauf. Wichtig zu erwähnen ist vielleicht auch noch, dass ich noch nie zuvor auch nur wusste, wie Gras überhaupt riecht. Bier, Wodka, und 'n halber Joint auf einmal waren dementsprechend genug, um mich richtig auszuknocken."

Atticus grinst schon vor der Pointe der Geschichte. Melissa schaut derweilen nur etwas verwirrt zwischen Tizian und dem Bild hin und her, darauf wartend noch irgendeine Verbindung präsentiert zu bekommen.

„Am nächsten Morgen wache ich in irgendeiner Scheune auf, nur noch in meiner rechten Socke und meinem linken Schuh.", er machte eine kurze Pause, „Und einer rosa gefärbten Ente." Er starrt erneut nur noch sein Geschenk an, nicht einmal Melissas Reaktion abwartend.

„Was? Wie? Wer färbt denn eine Ente rosa? Wie geht das überhaupt?"

Tizian schüttelt fast geistesabwesend den Kopf. „Ich hab' keine Ahnung, ob es überhaupt eine rosa Ente gegeben hat. Meine Großeltern haben nie was davon erzählt, und ich hab' hinterher auch keine mehr gesehen."

„Tizians erster Joint, und das Erste was er macht ist sich auszuziehen und von rosa Enten zu fantasieren", fügt Atticus grinsend hinzu, „Und du wunderst dich, wieso ich mich daran erinnere, als du's mir mal erzählt hast."

„Ich find's auf jeden Fall super", Tizian schenkt ihm ein warmes Lächeln und lässt zum ersten Mal ganz vom Bild ab, „Wirklich."

Er nimmt beide noch einmal in den Arm, bevor er sie nach einer gefühlten Ewigkeit endlich hineinbittet. „Getränke stehen in der Küche, bedient euch. Und nehmt Schmitti mal den Wodka weg, sonst ist gleich echt nichts mehr übrig."

Dann verschwindet er für's Erste durch den Flur ins Wohnzimmer, Mitten in die munter feiernde Schar der übrigen Gäste.

Gestern (II)

Bitte lächeln

Der Abend vergeht für Atticus wie im Rausch. Melissa und er stehen zunächst zusammen etwas abseits, er gemächlich an einem Bier schlürfend und sie schon den zweiten Wodka-O ihren Rachen runterschüttend.

„Hättest du vor ein paar Jahren gedacht, dass wir ausgerechnet bei Tizian auf 'nem Geburtstag eingeladen werden?" Atticus nimmt noch einen kräftigen Schluck und dreht sich zu seiner besten Freundin um. Sie trägt – wie immer – schwarz. Ausnahmsweise mal keine Lederjacke, sondern ein schwarzes Hemd mit schwarzer Jeans und schwarzen Converse. Sie hat ihre Haare anders. Sie hat ihre Haare nie anders.

„Meinst du, nachdem wir uns getrennt haben oder ihr euch?", Melissa lacht halbherzig, „Das waren doch früher eh nie mehr als Freundschaften, über die man sich ausprobiert. *Jeder mit Jedem,* war das nicht sogar unser kleines, inoffizielles Cliquen-Motto?"

Atticus schüttelt grinsend den Kopf. „Ach, das meine ich gar nicht. Eher, dass wir nach fast drei Jahren alle immer noch im gleichen Kaff wohnen, den gleichen Scheiß zusammenbauen, das gleiche schlechte Bier zusammen trinken", er legt seinen Kopf leicht schräg und kneift die Augen zusammen, „und es war 'Jeder *für* Jeden', damit du Bescheid weißt."

Melissa rollt mit den Augen, doch bevor sie den Plastikbecher wieder an ihre Lippen heben kann, hält sie kurz inne. „Meinst du nicht, dass sich schon einiges verändert hat?"

„Was meinst du? Das wir jetzt Abi haben, und Nebenjobs und Bartwuchs?", Atticus grunzt amüsiert, „Klar hat sich 'n bisschen was verändert, aber...wir drei sind ja noch da."

„Ja klar, aber willst du wirklich dein ganzes Leben mit den drei gleichen Freunden im gleichen Kaff rumalbern? Willst du nicht mal raus?" Sie leert ihren Becher und greift nach einer halb verbrannten Backofenbrezel neben sich. Atticus tut es ihr gleich.

„Raus? Wohin denn raus, in den Urlaub, oder was?" Die Brezel schmeckt widererwarten nicht schlecht, und dass obwohl Tizians sonst selbst seine Tiefkühlpizzen verbrennen lässt. „Wandern, Party in Lorette de Mar?"

Melissa kaut ebenfalls fleißig auf ihrer Backofenbrezel. „Nein. Also, auch, aber...eher so generell. Wird doch langweilig irgendwann. Mann, ich fänd's ja auch langweilig, wenn sich in den letzten Jahren nichts geändert hätte, aber für mich hat sich nun mal was verändert", sie verzieht ihr Gesicht, als wolle sie die Brezel wieder ausspucken, „Ich hab' vorher nur dich gehabt, jetzt hab ich auch noch Tizian. Ja, wir haben jetzt Abi gemacht, und Nebenjobs, aber genau das hätte ich vor drei Jahren niemals geschafft." Sie schmeißt die Brezel angewidert in den Mülleimer unter der Küchenspüle. „Mann, Tizian ist so ein scheiß Koch."

„Das nehm' ich jetzt aber persönlich!" Tizian kommt anmutig zu ihnen rüber getorkelt, dabei war es kaum zehn. „Habt ihr Spaß?" Er legt seine hochgekrempelten Arme um seine Freunde und lächelt beide abwechselnd an, „Musste grad' meinen Welpen nach oben bringen, dem wurd's zu laut. Hab' ich gefragt, ob ihr Spaß habt?" Er scheint nicht einmal still stehen zu *können* und läuft aufgeweckt auf und ab.

„Du ja auf jeden Fall", grinst Atticus warm zurück. Tizian trägt einen spitzen, bunten Geburtstagshut schräg auf seinem mittlerweile wieder wuschelig um sein Gesicht fallendes Haar.

Er trägt ihn als gehöre er von Anfang an zu seinem Outfit.

„Wir hab'n beim Bierpong verloren", seine dunkle Stimme überschlägt sich fasst, alles in allem artikuliert er sich jedoch noch einigermaßen eigenständig, „Was natürlich nicht an mir lag, versteht sich."

„Natürlich nicht", Melissa grinst breit, schaut dann Atticus an und nickt ihm zu. Atticus nickt nicht minder grinsend zurück.

„Hey, wir brauchen noch 'n Foto! Für die Wand!" Die Wand, die Tizian meint, befindet sich bei ihm im Zimmer und ist vollgekleistert mit Bildern seiner Familie, seiner Freunde, seinem Hund, selbst sich selbst. Manche Polaroids, manche an metallenen Bilderrahmen angebrachte Kühlschrankmagnete. Aber alle schön.

„Leonie!", ruft Tizian ein in der Nähe Drinks mischendes Mädchen herbei, welches Atticus noch nie in seinem Leben gesehen hat, „Kannst du vielleicht 'n Foto von uns machen?"

Leonie tut wie Geheiß, schnappt sich Tizians cremefarbene Polaroidkamera und stellt sich einige Meter vor die drei Freunde knipsbereit auf.

Tizian steht in der Mitte, Atticus links neben ihm den Arm um ihn legend. Melissa, rechts, an ihn lehnend. Und ihnen geht es gut.

„Bitte lächeln!"

Gestern (III)
Mit dir tanzen

Atticus geht für eine (wirklich allerletzte) Zigarette hinaus in den spärlich mit Kerzen beleuchteten Garten und kommt am Ende der grau gefliesten Terrasse zum Stehen. Die Nacht ist klar, die Sterne schauen mit wohlwollender Wertschätzung auf ihn herab. In der Ferne brodeln Gewitterwolken.

Er ist angetrunken, aber nicht betrunken. Viel fehlt allerdings nicht mehr, ergo die Zigarette in der frischen Nachtluft. Geschnorrt hat er sie, aus Melissas Jackentasche. Sie wollte nicht. Sagte, sie tanze lieber weiter. Ausgerechnet mit Schmitti, von allen Gästen.

Und Tizian auch.

Tizian tanzt auch.

Atticus seufzt, dann atmet er tief ein und verschlingt fast ein Viertel der Zigarette in einem Zug. Ohne Tizian wäre er mit der Scheiße nie angefangen. Ohne die Scheiße hätte er Tizian nie kennengelernt.

Ihm wird plötzlich schwindelig, der Garten und die Sterne und die Nacht drehen sich uneinig unregelmäßig um ihn herum. Von angetrunken zu betrunken, ohne einen Schluck Alkohol.

Er vermisst Tizian. So bescheuert er sich auch fühlt, so zu fühlen, es ist so. Noch vor zehn Minuten den letzten Schnaps zusammen getrunken, vor zwanzig Minuten den letzten Song zusammen gegrölt, steht er nun allein im Garten. Und fünf Minuten allein im Garten sind fünf Minuten zu viel.

Er rollt bei seinen eigenen Gedanken mit den Augen, was keine besonders gute Idee ist, während die Welt um ihn herum sich gerade zu drehen beginnt. Er schließt sie, und Ruhe kehrt zurück in ihn. Jetzt dreht sich nur noch das Nichts.

„Fuck, dreht sich bei dir auch alles, Mann?" Seine Stimme wird, tief und kratzig, über den Wind von der Tür zu Atticus getragen. Er zieht lang und tief an seiner Zigarette, dreht sich dann um.

Tizians Hemd ist schweißgetränkt und klebt an seinem Körper wie eine zweite Haut. Sein Tattoo glänzt selbst im schwachen Kerzenschein, düster die Feuchtigkeit reflektierend. Sein Dutt hat sich vom wilden Tanzen aufgelöst, die wieder wilden Wuschelhaare rahmen sein glänzendes Gesicht.

„Hat grade angefangen, ja. Hey, du und deine endlose Auswahl and billigem Alkohol sind schuld", Atticus grinst ihn müde an, sein Kopf sich noch schneller drehend als gerade.

„Ich hab' nur die Hälfte verstanden, Mann. Hast' noch ne Kippe für mich?" Tizian gibt sich sichtlich Mühe, sich noch irgendwo diesseits von verständlich auszudrücken, lallt jedoch mehr als er spricht.

„Ich dachte, als Gastgeber versucht man nüchtern zu bleiben", zieht Atticus ihn auf, doch Tizian ignoriert die Stichelei. „Hast du wenigstens Spaß?"

Atticus nickt. „Ja, echt 'ne coole Party Tizian." Er bleibt noch kurz an der Tür stehen, dann kommt Tizian langsam über die Terrasse gelaufen und neben ihm zum Stehen. „Cool."

Lange stehen sie nebeneinander und schauen den klaren Himmel hinauf, die Sterne heller als noch vor ein paar Minuten. Die Zigarette baumelt ungenutzt am Ende von Atticus baumelndem Arm. Der Qualm erweckt noch vor den in der ferne herbeiziehenden Wolken Tizians Aufmerksamkeit. „Was is' jetzt mit der Kippe?"

„Ah, sorry. Hab' nur die eine, kannst die aber gerne aufrauchen, wenn du willst." Atticus hält ihm die halb verbrannte Zigarette entgegen, ihre Augen treffen sich. Der erste Donner baut sich langsam in der Ferne auf. Und ihre Augen hören nicht auf, sich zu treffen. Atticus Welt hört auf sich zu drehen. Er fühlt sich nicht mehr angetrunken. Er fühlt sich...

„Danke, auch nochmal für's Geschenk. Ich hab' mich echt gefreut, Mann. Geld is' geil, und der ganze scheiß Wein, mit der ganzen scheiß Schokolade...keine Ahnung wer da was auf'n Tisch geschmissen hat", er nimmt langsam die glimmende Zigarette aus Atticus Hand, kurz seine Finger berührend, „An dein Geschenk erinner' ich mich wenigstens. Mann, Melissa und du, ihr seid die einzigen auf der Party, auf die ich überhaupt Bock hatte, heute Abend. Schmitti sitzt schon wieder kotzend in der Ecke, ganz zu schweigen davon, dass er die ganze Zeit mit Melissa geflirtet hat, die Mädels vom Theater haben sich schon vor 'ner halben Stunde verabschiedet, und Leonie rennt mit der Kamera hinter den anderen her wie der Predator."

Atticus schmunzelt, Tizian seufzt und dreht sich, wackelig auf den Beinen, zur Seite, einen anderen Teil des Himmels begutachtend. Atticus nähert sich vorsichtig, Schritt für Schritt, Atemzug für Atemzug, bis er schließlich direkt neben Tizian steht und von seinem ausgestoßenen Zigarettenqualm benebelt wird.

„Soll gleich regnen", murmelt Atticus leise, Tizians Blick in die Ferne folgend, die Gewitterwolken bestaunend, „Irgendwer meinte sogar, morgen soll's schneien. Das glaub' ich erst, wenn ich's sehe." Anstatt zu antworten, schunkelt Tizian nur ein wenig zu stummen Melodien in seinem zugedröhnten Kopf. Er lächelt, doch seine Augen schauen fast wehmütig dem Regen entgegen. „Ich wollte mit dir tanzen", murmelt er dann nur langsam vor sich hin, „Mit dir tanzen." Je häufiger er es flüstert, desto undeutlicher wird er, sodass es irgendwann zu einem trunkenen Tanzrhythmus verkommt, den er direkt an Atticus Schulter nachzubewegen versucht.

Er berührt ihn sachte am hochgekrempelten Arm, da wo die beiden Rosenblüten seines Tattoos sich berühren. Seine Haut ist noch leicht verschwitzt vom Tanzen ohne ihn. Er zuckt nicht zusammen, bewegt sich langsam weiter, immer mehr in seine Richtung. Atticus schluckt, schmeckt das Nikotin der mittlerweile aufgerauchten Zigarette. Meint, Tizian darin zu schmecken. Seine Hand wandert sanft den Arm hinunter, findet seine beringte Hand, und umschließt sie.

Ganz allmählich werden Tizians Bewegungen ruhiger, sein Gemurmel leiser, seine Hand entspannter. Derweilen atmet Atticus schneller und schneller, zittert stärker und stärker. Tizians Hand ist ungewohnt warm. Seine Ringe dagegen drücken kalt in Atticus Haut. Er will nirgendwo anders sein, kann sich keine angenehmeren Ringen an angenehmeren Menschen vorstellen.

Will nirgendwo anders sein als mit Tizian betrunken im dunklen Garten unter den Sternen zu stehen und auf ein Gewitter zu warten.

„Danke", flüstert Tizian ihm kaum hörbar ins Ohr und legt seinen Kopf auf seine Schulter. „Immer", flüstert Atticus zurück und legt behutsam und mit klopfendem Herzen seinen Arm um seinen Freund.

Und dann küsst er ihn, und die Zeit steht still.

Seine Lippen eine Mischung aus Nikotin, Wodka und Orangen. Und weich, und schön.

Seine Haut weich, und warm, und auf seine gedrückt. Atticus Hände greifen nach Tizians Locken. Halten sich fest, ziehen ihn zu sich. „Ich...ich glaub ich bin 'n bisschen betrunken", murmelt Tizian zwischen den Küssen, abwesend wirkend. Mehr sagt er nicht.

Nicht, als sie den Rest der Party hinter sich lassen, vorsichtig in sein Zimmer schleichend.

Nicht, als sie sich gegenseitig ausziehen, nackte Brust an nackter Brust vor Fotos von früher stehend.

Ich glaub ich bin 'n bisschen betrunken. Nichts als Worte in Atticus Hinterkopf als er und Tizian ins Bett fallen und eng umschlungen die Nacht verbringen, der angesagte Regen heftig gegen die Scheibe prasselnd. Und Tizian still.

„Ich wollte mir dir tanzen."

Atticus Welt drehte sich, dieses Mal nicht vom Alkohol, als er den Jungen, mit dem er gestern nach Jahren der Erwartung die Nacht verbracht hatte mit seiner anderen besten Freundin auf dem schneebedeckten Boden küssend beobachtete.

„Schmitti sitzt schon wieder kotzend in der Ecke, ganz zu schweigen davon, dass er die ganze Zeit mit Melissa geflirtet hat."

Wie dumm er war. Wie abgrundtief ignorant, und dumm. Und zerrissen.

„Mit ihr tanzen."

Tizian und Melissa. Und Atticus daneben, mit keiner Welt die sich mehr drehen könnte.

Der Geschmack von Nikotin, Wodka und Orangen stärker denn je.

Zurück am Baggersee

Atticus zuckte nicht einmal mit der Wimper, als Tizian auf ihrem Weg aus dem Club drei separat gerollte Joints aus seiner Jackentasche zauberte. Melissa hielt seine Hand. Tizian das Gras. Und Atticus nur kalten Schnee.

„Du kannst noch fahren, oder?" Erst die darauffolgende Stille machte Atticus auf die Frage aufmerksam. Sein Gesicht nicht wütend oder traurig, sondern ausdruckslos nach außen blickend. „Ja, ist ja nicht weit." Die Worte kosteten ihn mehr Energie als der ganze letzte Abend.

Der sandige Parkplatz ist schneebedeckt und vollkommen verlassen. Atticus reibt seine Augen gegen die Müdigkeit. Die Bilder, die Vergangenheit, Erinnerung. Seine Reifen kommen langsam zum Stehen, er zieht die Handbremse an und betrachtet bei noch laufendem Motor die ruhige Oberfläche des Baggersees vor ihm.

Er blickt zur Seite, sieht sich selbst. Und Tizian und Melissa, wie sie damals ebenfalls schweigend im Auto saßen und das Ende ihres Abenteuers erreicht hatten.

„*Wieso hört's nicht auf zu schneien, verdammt*", *murrte Atticus als er den Zündschlüssel umdrehte und nur noch die schwach scheinenden Autoscheinwerfer einen Blick auf das Gewässer vor ihnen erahnen ließen. „Gestern regen, heute Schnee. Scheiß doch drauf. Morgen dann vielleicht Sonne, wer weiß das schon?", Tizian bemühte sich um einen aufmunternden Ton und legte ihm vorsichtig eine Hand auf die Schulter. Atticus zuckte kaum merklich zusammen, sagte jedoch nichts. Schloss nur, verborgen vor den Blicken der anderen, seine müden Augen. Er wollte nach Hause. Allein weiterfahren, weg von hier und ihr und ihm. Wenn auch nur für heute, und noch morgen, oder vielleicht den Rest der Woche. Weg von Schnee, und See, und seinem noch immer an Atticus hängenden Flanellhemd.*

Fast riss er es sich vom Leib. Fast warf er es ihm ins Gesicht, laut und deutlich fluchend und mit feuchten Augen seine Freunde aus dem Auto schmeißen, was ihm nicht einmal gehörte.

Nein, Atticus schloss nur die Augen und versuchte die warme Hand auf seiner Schulter so gut es ging zu ignorieren.

„*Wie läuft das jetzt gleich? Einfach 'n bisschen rauchen und dann mal schauen?" Melissa gluckste* und griff bereits gespielt gierig nach den Joints in Tizians Hand.

„Nicht im Auto. Mein Stiefvater bringt mich um, wenn's hier später nach Gras riecht."

Melissa legte den Kopf schräg. „Du willst echt nach da draußen? Ey, Tizian, es sind unter Null Grad, und Atticus Hemd trotzt jetzt nicht gerade vor Wärmeisolation", sie warf ihm schnell ein kurzes Lächeln zu, „nichts für ungut." Atticus nickte nur.

„Ich glaub', wir haben noch ein paar Decken im Kofferraum, die können wir uns umlegen. Komm schon, ich hab' ein gutes Gefühl bei der Sache. Das klappt schon", Tizian zwinkerte ihr spielerisch zu, zog dann die Tüte mit den Tüten aus der Reichweite von Melissas ausgestreckter Hand, „Und weil du so nett gefragt hast, darfst du hinten nach den Decken suchen." Ein zweites Zwinkern folgte auf das erste, und Melissa öffnete widerwillig die Tür des Twingo, um sich hinaus in den Schnee zu wagen.

Atticus wollte es ihr gleichtun, doch da spürte er wieder Tizians warme Hand mit seinen kalten Ringen, die ihn in seinen Sitzt zurückdrückte. „Ich...ich wollte nur kurz mit dir reden."

Der Schnee rieselt noch immer ungestört und sanft zu Boden. Alles in seiner Umgebung ist entweder weiß und vom Licht des Autos erleuchtet, oder schwarz und von der Dunkelheit der hereingebrochenen Nacht versiegelt. Dann ist da noch der See, auf dem der Schnee nicht liegen bleibt und der sich mit seinen sanften Wellen und den funkelnden Reflektionen weigert, gänzlich von der Nacht konsumiert zu werden.

Das Radio ist fertig mit dem dritten Lady Gaga Song des Abends, selbst der Nachrichtensprecher beginnt langsam, müde motivierte Witze in die Richtung abzugeben. Dann greift Atticus nach seiner Steuerkonsole und stellt das Radio aus. Sitzt in kompletter Stille da, und denkt. Denkt und zittert. Zittert, und sieht sich selbst, enttäuscht wie voller Wut neben sich sitzen, die ruhigen Wellen des Baggersees fixierend.

„Wieso?", fragt er ihn, die Zähne kaum hörbar aufeinander klappernd.

„Sag du's mir", Atticus dreht sich um. Schaut in seine eigenen Augen, nur dass sie damals jünger waren, und am weinen. „Bitte, sag's mir einfach."

Und Atticus wünscht sich wirklich, er könne es sich erklären, einfach. Wünschte, er könne sich seine eigenen Fragen beantworten. Stattdessen denkt er an Rosa Enten, Hundegebell und seine nikotinbedeckten Lippen.

Und an Mandelmilchcappuccino.

„Was gibt's überhaupt zu bereden?" Atticus hörte auf, die Hand auf seiner Schulter zu ignorieren und bewegte sich leicht nach hinten, sodass Tizian gezwungen war, ihn loszulassen, „Ist doch alles gut bei uns."

„Atticus, ich - wir - waren betrunken. Sonst...", Tizian rang um Worte und seine Augen versuchten, seine zu fixieren, „Da ist nichts." Er hätte Atticus genauso gut in die Magengrube schlagen können. Er zwang sich dazu, sich nichts anmerken zu lassen. Doch eigentlich wollte er, dass Tizian ihm ansah, wie dreckig er sich fühlte. Dass Tizian sah, was da war. Für ihn immer gewesen ist. Also quetschte er ein hohles „Ich freu mich für euch" zwischen seinen Zähnen hervor und lächelte säuerlich.

Tizian seufzte. „Komm schon, ich find das doch genau so scheiße. Aber du weißt doch wie das ist mit uns - wenn wir schlecht drauf sind, driften wir irgendwie aufeinander zu. Wie zwei Schiffe in einem Strudel aus Kippen und Drogen und Tanzen und...Freunden. Ich dachte nur nicht, dass wir irgendwann kollidieren."

Atticus schwieg daraufhin. Seine ganze Beziehung, Freundschaft zu Tizian, runtergebrochen auf eine existenzielle Allegorie. Nur für seine Gefühle war kein Platz darin.

„Okay." Seine Stimme wollte schon bei einem einfachen Wort brechen, doch er riss sich am Riemen.

„Mann, vielleicht...", begann Tizian, doch Atticus ließ ihn nicht weit kommen. Schnitt ihn ab.

„Vergiss es einfach. Alles gut bei uns. Können wir jetzt endlich kiffen?" Er schnallte sich ab, öffnete die Tür und trat hinaus in die Kälte.

Melissa stand bibbernd einige Meter vom Auto entfernt, eine der drei gefundenen Decken bereits um sich gewickelt. „Wird auch langsam Zeit, verdammt." Atticus blickte zurück in den Wagen, in dem Tizian stillsitzend nachzudenken schien. Durch die beschlagene, beschneite Scheibe war sein Gesicht kaum zu erkennen. Dann fuhr ein Ruck durch seine Silhouette und er riss ebenfalls die Tür ins Freie auf. Seine Gefühle wie ausgewechselt grinste er breit und entblößte seine weißen Zähne den Schatten um sie herum. „Ich seh', du hast die Decken gefunden. Kommt, lasst und nach 'nem guten Platz suchen." Er warf Atticus einen letzten, gequält aufmunternden Blick zu, dann bewegten die drei sich durch das Dickicht hindurch auf das Ufer des Baggersees zu.

Das Ufer des Strudels aus Kippen und Drogen und Tanzen und Freundschaft, welcher sie alle hierhergezogen hatte.

Uferflammen

Es hat aufgehört, zu schneien. Selbst die letzten, vereinsamt rieselnden Schneeflocken sind am Boden angekommen und scheinen nun wie gebannt den Atem anzuhalten.

Atticus steht still am Rande des Baggersees, das Mondlicht seine Augen zum Leuchten bringend. Beobachtet wie die mittlerweile sanfte Brise die Wasseroberfläche kräuselt und bewegt. Es sind keine Wolken am Himmel. Und doch hofft er, in der Reflektion des Wassers eine Tür zu sehen, hoch im Himmel thronend und in eine Welt ohne ihn führend.

Sie hatten die Kälte trotz der Decken nicht unter Kontrolle und gehörig unterschätzt. Der Joint half dabei, einen zumindest von Innen ein wenig zu wärmen, doch ohne die Möglichkeit die Finger dabei tief in den Hosentaschen zu vergraben war das Gefühl schnell aus ihnen gewichen und hatte einer gleichgültigen Taubheit Platz gemacht. Dicht beieinander gedrängt lehnten Tizian und Melissa aneinander, der Sand unter ihren Füßen jeder ihrer

Bewegungen nachgebend und sich mit den dicken, weißen Schneeflocken vermengend.

Atticus stand etwas abseits der beiden, einsam den Rauch über das stehende Gewässer ausstoßend und dabei zusehend, wie sich wie wabernden Schatten in die Dunkelheit integrierten.

„Hey, was machst du da, ganz allein? Sind wir keine guten Kifferkumpanen oder wie?" Melissa ließ kurz von Tizian ab und kam frierend auf ihn zu gejoggt, ein zitterndes Lächeln auf den Lippen. Er antwortete nicht, drehte sich nur weg, um unbeeindruckt auf den See zu starren. Sie haute ihm gegen die Schulter. „Ey, jetzt komm zu uns. Wir brauchen dich, zu dritt ist es schließlich viel wärmer."

„Lass mich bitte in Ruhe, Melissa", flüsterte Atticus über seinen flachen Atem. Seine Augen glitzerten im Mondlicht, genau wie die gelegentliche Welle auf dem Wasser. Wie flüssiges Licht leuchtete ihm der See entgegen, und warf seinen ganz eigenen Schein auf die erste Träne, die ihm einsam die Wange hinunterlief.

„Wie bitte? Ist dein Gras wieder schlecht oder w-".

„Verdammt, lass es einfach!" Er hatte sein Gesicht keinen Zentimeter bewegt, was den Aufschrei umso abrupter wirken ließ. Auf Atticus selbst wirkte seine

Stimme fast fremd, so weit entfernt, dass er sich konzentrieren musste, sie zu verstehen.

Langsam kam auch Tizian das Ufer entlang auf die beiden zu, Melissa einen Arm um die Schulter legend. „Komm schon Mann, nicht heute. Die Tür ist-", weiter kam er nicht. Der Sand und der Schnee unter Atticus Füßen rieselte ineinander, als er sich zu seinen Freunden umdrehte. „Ach fick deine Tür." Er wusste, dass seine Stimme brechen würde, wenn er weitermachte. Wusste, dass er laut werden würde, und weinen müsste. Doch alles schien so weit weg zu sein...benebelt von Schatten und Schnee und Zigarettenasche.

„Du erzählst uns, du willst auf ein letztes großes Abenteuer, bevor du umziehst. Sagst, du musst diese Tür finden, damit du endlich weißt, was dahinter ist und vielleicht irgendwie erleuchtet wirst oder so ein Bullshit", er begann zu zittern, jedoch nicht länger vor Kälte. Der Schnee schien sich plötzlich aufzulösen, einer Hitze zu weichen, die von ihm ausging. Der See leuchtete für ihn noch heller als zuvor.

„Dabei willst du nur deine letzte Chance nutzen, endlich bei ihr zu landen, bevor du dich verpisst", Atticus deutete mit bebenden Lippen auf Melissa, die mit ihren weit aufgerissenen, rot durchbluteten

Augen in seine starrte, „Willst nur für dich die scheiß Tür finden, damit du mit ihr da durchgehen kannst. Mich brauchst du nur, um hinter euch abzuschließen." Seine Tränen fielen auf den um ihn herum brennenden Boden und verdampften jämmerlich. Seine Umgebung beugte sich immer mehr dem Willen der Drogen, Atticus Willen. Das Ufer bekam Risse, vibrierte mit jedem seiner ausgespuckten Worte. Mit jeder Träne, die zu Boden tropfte.

Dann blickte er in Tizians verzerrtes Gesicht. Seine Augen wieder voller Trauer, und Angst, und Dunkelheit. Aber anders als im Club, anders als im Neonlicht. Jetzt wie Flammen nach außen züngelnd, und nicht nach innen verglimmend.

Atticus erwartete, dass er sich rechtfertigte. Ihn anschrie, oder sogar auf ihn lossprang und in den leuchtenden Baggersee warf. Stattdessen war seine Antwort kurz.

„Ja." Auch in seinen Augen sammelten sich Tränen, während Melissa nur weiterhin mit aufgerissenen Augen auf ihn starrte. Vielleicht sah sie das gleiche wie er. Vielleicht sah auch sie das Feuer, das Licht, und die herannahende Schwärze. „Ja, ich wollte es wenigstens versuchen, bevor ich endgültig weg bin. Wollte mir nicht hinterher in den Arsch beißen, dass ich sie hier zurückgelassen habe, ohne sie wenigstens wissen zu lassen, was ich fühle. Heute vor einem Jahr haben wir hier alle zusammen das erste Mal gekifft. Die Tür...dahinter muss was sein, wofür ich damals nicht bereit war. Veränderung"

„Ja, vielleicht ist der ganze Vorwand hier Wunschdenken, dass wir bei all der Scheiße in den letzten Tagen trotzdem zusammen sein können, wenn wir die Tür finden, die Veränderung zusammen angehen. Etwas in mir wollte, dass alles genau so ist wie früher. Und wenn's nach dir ginge", Tizian wischte sich eine Träne aus den Augen, „dann wär's das heute auch geworden. Dann hättest du jetzt meine Hand in deiner, hättest du heute mit mir getanzt und alles wäre gleichgeblieben. Keine Tür", er machte einen Schritt auf Atticus zu und nahm ihn bei den Schultern, behutsam und vorsichtig, „Aber ich will nicht, dass alles gleichbleibt."

Atticus Feuer erlosch. Das Licht im See schwand langsam dahin, und all die Wut, all die Energie in ihm verkümmert zu tiefem, vollkommenem Schmerz. Alles war schwarz. Melissa nicht mehr hier. Der See verschwunden. Die Luft hinfort geblasen.

Nur Tizian vor ihm. Mit seinen dunkelbraunen, wuscheligen Haaren, und dem ebenso braunen

Dreitagebart. Den funkelnden, grünen Augen, in denen er sich spiegeln konnte. Warme Hände auf seinen Schultern, mit Ringen, die früher einmal Silber und jetzt angelaufen kupferfarben waren. Dem Tattoo auf seinem Unterarm, welches jeder von ihnen trug. Zusammen hatten sie es sich stechen lassen. Atticus erinnerte sich noch an Tizians Gesicht. Es sah fast so aus wie jetzt. Fast so schön.

„Aber ich…ich lieb' dich doch."

„Ich dich auch. Nur anders."

Etwas knarrte über ihren Köpfen. Melissa kehrte zurück, und der See, und die Luft, und der Schnee. Und mehr. Wolken am Himmel, den Mond zu verdecken drohend. Und dann etwas wie…Musik. Ein Rhythmus im Wind, eine Melodie am Firmament. Langsam nahm Tizian seine Hände von Atticus Schultern, zusammen drehten sie sich mit Melissa um.

Und durch ihre Tränen hindurch blickten sie nach oben, auf eine Tür in den Wolken.

Die Tür in den Wolken

Atticus erinnert sich an die Melodie, den Rhythmus, die Musik. Hört sie jedoch nicht. Keine Tür in der ruhigen Reflektion. Kein Licht im Baggersee. Der Sand unter ihm ist härter, als er ihn in Erinnerung hat. Der Schnee bleibt darauf liegen, vermischt sich nicht länger mit der Erde. Unbeständig weiß, unbeständig aufdringlich in seine Augen gleißend. Ausschließlich seine Tränen, in unregelmäßigen Abständen seine Wange hinunterrollend, scheinen dem Eis etwas antun zu können, nur um kurz darauf selbst zu erfrieren.

Doch er wartet. Denn vielleicht kann die Tür ihm helfen, zu vergessen. Etwas, was er damals nie für möglich gehalten hatte.

Er würde den Anblick der schwebenden Tür am nächtlichen Firmament nie vergessen. Wie ein Thron erhob sich die mit simplem Eichenholz gerahmte Tür aus den grauen, wabernden Wolken unter ihr. Außer einer dunklen, leicht geschwungenen Klinke war ihre Oberfläche vollkommen glatt und unspektakulär. Und doch erleuchtete sie wie ein zweiter Mond den gesamten

Baggersee, das Holz glänzend und die Wolken funkelnd. Er konnte sich fast darin gespiegelt sehen, und dass obwohl er fast ein dutzend Meter unter ihr am Ufer stand. Für Atticus war er der Tür ganz nah, meinte sie sogar erreichen zu können, wenn er sich nur weit genug streckte...

Seine Finger zuckten als er raues Holz ertastete, Splitter auf seiner Haut fühlte. Er hatte sich nicht bewegt, stand noch immer aufgelöst Schulter an Schulter mit Tizian und Melissa. Aber es wirkte so real...

An den Gesichtsausdrücken der anderen beiden konnte er ablesen, dass sie auch in den Bann der Tür gezogen wurden, sich fast auf Zehenspitzen stellend die Wolken zu erreichen versuchend.

„Ich...ja. Genauso wie damals", hauchte Tizian, als er sich die letzten Tränen aus dem Gesicht wischte, seine Locken hinter ein Ohr strich und langsam auf die Tür in den Wolken zuging. Doch der Sand, gar der Schnee blieb unberührt, und seine Füße traten fest in die leere Luft vor ihm.

So schwebte er Schritt für Schritt nach oben, bevor er sich umdrehte und Melissa seine Hand reichte. „Komm, es ist ganz einfach. Einfach einen Fuß vor den anderen setzen", er schaute wehmütig an ihr vorbei, warf Atticus ein letztes Lächeln zu, „Du auch. Bitte, du auch."

Mittlerweile war Melissa bei Tizian angekommen und griff nach seiner Hand, ließ sich nach oben ziehen und in seine Umarmung fallen. Sie löste sich jedoch schnell, um sich ebenfalls zu Atticus umzudrehen. Ihre dunklen Haare fielen wilder als zuvor in ihr Gesicht, ihre sonst so präsente Gleichgültigkeit war einem Flehen gewichen. „Atticus, du...bist mein bester Freund. Bitte, komm mit. Wir schaffen das, zusammen. Wie immer."

Er dachte zurück, an den fiesen Lehrer, dem sie zusammen in der sechsten Klasse das Leben zur Hölle gemacht hatten. Dachte an den Idioten aus der 7b, der sie ‚hässlich' genannt hatte und wie Atticus zumindest versucht hatte, ihm ins Gesicht zu schlagen. An seinen ersten Ex, der auch für Melissa ab da gestorben war. Wie sie sich geküsst hatten, ohne etwas zu fühlen – nur um zu zeigen, wie wichtig sie sich gegenseitig waren.

Dachte an sie in Tizians Armen, auf dem mit frischem Schnee bedeckten Boden herumtollen, ihre Lippen aufeinanderpressend. Nicht, ohne etwas zu fühlen, nicht nur um zu zeigen, wie wichtig sie sich gegenseitig waren. Sondern anders.

Seine Füße blieben fest im Sand stehen, schienen sich mit den Körnern zu verbinden wie zuvor bereits der Schnee. Und er lächelte, aber hinter seinem Lächeln, da war nichts. Melissa schüttelte langsam den Kopf. „Tu das nicht. Fuck, Atticus. Bitte!"

Ein lautes Donnern raunte durch die Luft und die Wolken unter der Tür wurden dunkler, wilder wabernd als zuvor. Dann begann die Tür in Wolken langsam emporzusteigen, wie ein Heißluftballon gemächlich an Höhe gewinnend. Gleichzeitig leuchtete sie heller als zuvor, überzogen von Blitzen und Energie flackerte sie wie ein Leuchtfeuer über dem verlassenen Baggersee.

„Lass mich dich nicht zurücklassen." Seine Stimme, so dunkel und angenehm wie nie zuvor, glitt mühelos über den Donner und den Wind hinweg, und Atticus war als stünde Tizian direkt neben ihm. Doch da war niemand.

Nur leerer, kalter Raum.

Er machte einen ersten Schritt. Sand rutschte von seinen Schuhen mit den roten Schnürsenkeln und dem Brandloch. Ein Brandloch, entstanden vor einem Jahr, mit den gleichen Freunden, die jetzt im Himmel über ihm warteten und ihre Hände nach ihm ausstreckten.

Er machte einen zweiten Schritt, und einen dritten und vierten und irgendwann schritt er nicht mehr, sondern flog. Flog, auf seine Freunde zu, die ihn gemeinsam abfingen und zu sich zogen. „Danke", Tizian schluckte und nickte ihm zu. Melissa umarmte ihn, die Decke aus dem Kofferraum dabei von ihren Schultern gen Boden fallend.

Nein. Nicht gen Boden. Denn unter ihnen war nichts mehr, kein See, kein Sand, kein Schnee. Die anderen schienen es auch zu bemerken, und wie in Zeitlupe drehte Atticus sich im luftleeren Raum um sich selbst, umgeben von nichts als bunt leuchtenden Sternen und absoluter Dunkelheit.

Und einer Tür auf einer Wolke, einige Meter neben ihnen. Ihr Leuchten war abgeklungen, und es funkelte keine Energie mehr über den Eichenholzrahmen. Stattdessen war da wieder diese Melodie, dieser Rhythmus.

Atticus fällt auf die Knie, der Himmel dunkel, die Tür versiegelt. Und er schreit. Schreit über den gesamten Baggersee, dass die Oberfläche fast vibriert. Schreit, einsame Hundeohren Kilometer entfernt lauschend. Schreit, Magneten abrupt vom Kühlschrank fallend. Schreit, dass selbst eine rosa Ente ihre Flügel ausbreitet und davonfliegt.

Schreit, bis in die Vergangenheit.

Das Lied der Tür im Vakuum spielend, beobachtete Atticus mit Staunen in seinen traurigen Augen wie die Tür in den Wolken sich langsam öffnete und der Ton der Musik seine Sinne verzauberte. Und das Orchester nahm in mit, zurück zum Anfang.

Seinem Anfang.

Ouvertüre

Barfuß im Schnee

Weihnachten steht vor der Tür, die Stadt übersäht von bunt leuchtenden Girlanden, grün emporsteigenden Weihnachtstannen und dem Geruch von frisch gebackenen Keksen.

Vor ein paar Tagen war der erste Schnee vom Himmel niedergeregnet, sodass die Meteorologen selbstsicher eine weiße Weihnacht versprechen können.

Atticus hat noch nie über die Festtage Schnee erleben dürfen. Das Winterwetter verfehlte die Feiertage entweder um Monate, Wochen oder, besonders frustrierend, einige Tage. Seine Eltern freute es meistens, sich nicht im ohnehin überfüllten Feiertagsverkehr noch mit etwaigen Schneemassen herumschlagen zu müssen. Doch auch wenn seine Freunde sagen, Schnee sei ihnen mittlerweile genauso egal wie den Erwachsenen, zaubert eine weiße Winterlandschaft noch immer ein breites Lächeln auf Atticus Gesicht.

Er und Melissa hatten beschlossen, den zweiten Weihnachtstag das erste Mal allein, ohne ihre Familien zusammen zu verbringen. Nicht nur, um dem Trubel nerviger Tanten, einschläfernder Großväter und weinenden Cousins zu entgehen, sondern um insgeheim selbst Glühwein zu kochen und mit billigem Amaretto zu versüßen.

Letzteren hat Atticus, in einer Plastiktüte verborgen, unter seinem Arm klemmend als er durch den sonnig beschienenden Neuschnee stapft und in den Waldweg abbiegt. Wobei Wald eine deutliche Übertreibung für die wenigen Bäume auf den weiten Wiesen und Feldern, die ihn fast, soweit das Auge reicht, umgeben. Am Ende des Weges wartet eine Lichtung, und dahinter eine Kreuzung, die als erster Warnhinweis auf herannahende Zivilisation fungiert.

Er läuft fast jeden Tag hier entlang, um den Kopf freizukriegen und die raren Momente allein für sich auszukosten. Manchmal kommt Melissa mit, manchmal Julian, selten auch Zoe. Meistens allerdings streift Atticus allein durch die Wiesen und Felder und denkt an Glühwein mit Amaretto oder andere lebenswichtige Dinge.

Doch als er in der Ferne den Jungen sieht, der wie ein dunkler Fleck den weißen Schnee durchsticht, ahnt er bereits, dass er heute nicht ungestört seinen Weg wird antreten können.

Atticus blinzelt gegen die Sonne und versucht bereits auf die Entfernung genauer zu erkennen, wer da hinten auf ihn zukommen würde. Seine Eltern warnen ihn jeden Tag aufs Neue davor, allein den Waldweg entlangzulaufen, da die einzigen vier Morde in der Geschichte der Stadt genau hier verrichtet wurden. Instinktiv greift er seine Amarettoflasche fester und blickt sich rasch nach dem bestmöglichen Fluchtweg um.

Als er endlich nah genug ist, dass die Sonne seinen Blick nicht mehr verblenden kann, beruhigt Atticus sich etwas. Der Junge sieht...gut aus.

Er ist etwa in Atticus Alter, einige Zentimeter größer als er und athletisch gebaut. Seine Haare sind kurz, aber lockig und fallen ihm über die Stirn bis an die Augenbrauen. Ein leichter Flaum schimmert dunkel über seiner Oberlippe, der Rest ist entweder rasiert oder noch nicht einmal gewachsen. Der Junge trägt trotz der Kälte nicht mehr als ein dünnes Flanellhemd und verwaschene Jeans. Seine Füße hingegen stehen blank und unbedeckt im Schnee.

„Alles...alles gut bei dir?", fragt Atticus, vorsichtig einen Schritt vor den anderen setzend.

„Was soll nicht an mir gut sein?", die Stimme des Jungen klingt, als habe er allein heute bereits so viele Zigaretten geraucht, wie er alt ist. Und tatsächlich, als Atticus genauer hinsieht entdeckt er die angebrochene Schachtel in der linken Hand des gutaussehenden Typens ohne Schuhe.

„Ich...ähm...sind deine Füße nicht kalt?" Er tritt unsicher von einem Bein aufs andere, „Es liegt Schnee."

Der Junge schnauft. „Wirklich, hab' ich gar nicht gemerkt, danke für deinen Hinweis." Er zwinkert ihm kurz zu, dann schüttelt er eine Zigarette aus der Schachtel und nimmt sie routiniert zwischen die Lippen. „Rauchst du?"

„Nicht wirklich, eigentlich."

„Hilft gegen den Schnee." Der Fremde nimmt die Zigarette aus seinen Lippen und streckt sie Atticus entgegen. An seinen Händen trägt er silbern im Sonnenlicht schimmernde Ringe, beinahe weiß gefärbt vom Schnee, der sich darin reflektiert. Als der Junge Atticus Zögern bemerkt, rollt er mit den Augen, hält sich den Glimmstängel wieder an den eigenen Mund und fischt ein rosa Feuerzeug aus seiner Hosentasche. Er klickt es und beobachtet einige Augenblicke wie die kleine Flamme harmlos in der kühlen Brise hin und her flackert, ehe er seinen Kopf nach Vorne beugt und die Zigarette an ihr entzündet.

Er zieht ein paar Mal kräftig, seine stechend bunten Augen dabei leicht zusammenkneifend. Dann nimmt er sie erneut aus dem Mund und hält sie Atticus ein zweites Mal unter die Nase.

„Hier. Keine Drogen, kein Gift. Hab' nicht vor, dich umzubringen, keine Sorge." Als wolle er seinen Punkt unterstreichen, wackelt er unter Atticus Augen mit seiner Hand, glimmende Aschereste in den Schnee fallen lassend, um das Kalt zum Schmelzen zu bringen.

„Meine Eltern bringen mich um", Atticus lacht hohl, ein kläglicher Versuch seine ganz reale Angst zu überspielen. Der Fremde gluckst nur amüsiert. „Was glaubst du, wie oft die mich schon umgebracht haben für irgendwelchen Scheiß. Komm schon Mann, mein Arm wird steif."

Atticus starrt die sachte qualmende Zigarette einige Sekunden lang an, bevor er sie zitternd greift und langsam an seine Lippen setzt. Noch bevor er den ersten Zug nimmt, will er am liebsten sein Gesicht verziehen, doch er will sich nicht schon jetzt vor dem coolen, neuen Jungen blamieren und reißt sich zusammen.

„Was machst du überhaupt hier?", bekommt Atticus einige Momente später nach seinem ersten von vielen Hustenanfällen herausgepresst.

„Wurd' mal wieder umgebracht", er grinst breit, doch hinter seinen Augen ist noch etwas anderes. Und vielleicht war es nur eine geschmolzene Schneeflocke, oder ein verirrter Tropfen Schweiß, doch Atticus könnte schwören, eine vereinzelte Träne in der Ecke seines Auges ausmachen zu können.

„Hab' dich hier noch nie gesehen." Atticus kann seine Grimasse nicht länger verbergen und reicht die Zigarette angeekelt zurück.

Der Junge zuckt nur mit den Schultern. „Steh' sonst meistens ein paar Felder weiter links, hinter dem Bach. Da ist man noch ungestörter. Aber wegen dem Schnee kommt man da jetzt kaum hin", er macht eine kurze Pause, um einen Schwall Zigarettenqualm aus seinen Nasenlöchern zu pusten, „Ist 'n bisschen wie mein Limbus hier. Energie tanken, nichts zählt, alles ruhig", er zwinkert ihm spielerisch zu, „mit Ausnahme der nervigen Wanderer natürlich. Muss nur leider irgendwann immer zurück."

Atticus nickt, als verstünde er. „Warum...bist du eigentlich barfuß?"

Der Fremde stößt ein kurzes Schnaufen aus. „Die hab' ich verloren. Bin heute Morgen noch halb betrunken in irgendeiner Scheune aufgewacht, ohne meinen rechten Schuh oder meinen linken Socken", er lächelt milde und schaut betreten zu Boden, „Wer kann schon auf nur einem Schuh laufen, hab' ich mir gedacht, und beides einfach in der Scheune gelassen"

„Nach Hause konnt' ich noch nicht, war ehrlich gesagt noch ein klitzekleines bisschen zu high dafür, also bin ich schnurstracks hierher gerannt."

Atticus legt den Kopf schräg. „Gerannt? Wieso hattest du's so eilig?" Er wirft dem Jungen ein warmes Lächeln zu, wie in Trance seine vom Zigarettenrauch benebelten Augen fixierend.

„Shit, du glaubst bestimmt ich bin immer noch high", er lächelt beschämt und tritt von einem nackten Fuß auf den anderen. „Bestimmt nicht, bestimmt nicht".

„Okay, okay. Du musst aber versprechen, mich nicht auszulachen, okay?"

„Hoch und heilig. Wenn ich lache, muss ich nochmal an dieser ekelhaften Zigarette ziehen, deal?"

„Abgemacht", der Junge macht eine kurze Pause und sieht Atticus direkt in die Augen. Er muss seinen

Mund nicht sehen, um zu wissen, dass er lächelt. „Ich...ich glaube ich wurde von einer rosa Ente verfolgt." Stille. Nur das seichte Rauschen des Windes durch die beschneiten Äste der Bäume echot über die verlassene Landschaft um sie herum. Die verwuschelten Haare des Jungen werden von einer Böe erfasst und fallen über seine glitzernden Augen. Die Grübchen neben seinem Oberlippenbart zittern.

Sie beginnen zu lachen, der eine lauter als der anderer. Lachen weiter, reden weiter, lachen noch ein bisschen mehr. Ein paar Mal glauben sie sogar, im Dickicht der Sträucher etwas Rosanes aufblitzen zu sehen.

Er wünschte sich heute noch, in Trance der Tür, dass der Moment nie enden würde.

Atticus, von der Zigarette hustend. Und sein neuer Freund, barfuß im Schnee.

Crescendo
Temporär für immer

Die Zeit stand still. Nichts was passierte, geschah. Nichts.

Atticus versuchte verzweifelt, an der Erinnerung festzuhalten.

Und alles war für immer.

Die Tür, geöffnet, thronte am Ende eines unsichtbaren Ganges auf einer vereinzelten, im sternenbespickten Vakuum verloren wirkenden Wolke. Aus dem Augenwinkel sah Atticus, wie Tizian einen vorsichtigen Schritt darauf zu machte.

„Warte", er griff nach seinem Arm, „Bist...sind wir uns sicher?" Behutsam nahm Tizian Atticus Hand, bewegte sie weg von seinem Arm. „Schon lange." Er versuchte zu zwinkern, für einen Augenblick er selbst zu sein. Seine Augen suchten Melissa, und sie trat schwerelos an Tizians Seite. „Alle mit allen, Atticus", sie grinste breit. Atticus zwang sich dazu, es ihr gleich zu tun. „Alle für alle, ja." Aber es fühlte sich nicht richtig an.

Irgendetwas fehlte. War kaputt. Kratzte an den äußeren Rändern seines Hinterkopfes, unentwegt und unermüdlich. Und doch begann auch Atticus der Tür entgegenzugleiten. Angst machte sich plötzlich in ihm breit. Der kosmische Ozean um ihn herum begann zu bröckeln, die Sterne versinkend in der Schwärze wie in einen Sumpf aus Dunkelheit.

„Leute, was ist los?" Panik schwang in seiner Stimme mit, unmittelbar hinfort getragen vom undurchdringlichen Nichts zwischen ihnen. „Ich...nein, stopp!"

Atticus bemerkte, dass er seine Beine nicht mehr selbst bewegte, sondern vielmehr angezogen wurde vom Raum hinter der Tür. Die Musik wurde lauter und lauter, und in einem Crescendo aus Tönen, aus Lachen und Weinen, Schreien und Jubeln brachte sie ihn schlussendlich vor der Eichenholzkante zum Stehen.

Jemand griff nach seiner Hand. Warme, beringte Finger schlossen sich um seine. „Bereit?", kratzte Tizians Stimme sanft über seine Ohren.

Atticus zitterte am ganzen Körper. Wind drückte von allen Seiten gegen ihn, schien seine Kleidung zu zerreißen und Knochen zu bersten. Alles um ihn herum war mittlerweile zerstört, zerbrochen bröselnd in die Unendlichkeit fallend. Schreie durchbrachen das gebrochene Nichts, brachten die Kälte des Schnees zurück, das Holz der Tür begann zuzufrieren.

„Bereit?" Unberührt von der zerfallenden Welt um sie herum blieb Tizian ruhig, blickte Atticus ermutigend entgegen.

Die Zeit stand still. Nichts was passierte, geschah. Nichts.

Und alles war für immer.

Atticus löste sich aus seiner Starre und warf sich seinem Freund in die Arme. Drückte ihn, ohne je loslassen zu wollen. Fuhr seine Hand durch seine Locken, spürte die rauen Stoppeln seines Barts an seiner Wange. Sein Gesicht war nun direkt vor Melissa, die neben Tizian stand und traurig lächelnd Atticus Arme griff, die umschlungen um Tizians Schultern baumelten. Am Rande ihrer feuchten Augen spiegelte sich die Tür, beständig geöffnet dem Verfall des Universums trotzend.

Atticus wusste, was er sagen wollte. Wusste, was er sagen musste.

Doch die Zeit stand still. Wozu die Eile. Nichts was passierte, geschah. Nichts.

Alles konnte noch einmal wie früher sein.

Und alles war für immer.

Er zog Melissa mit in die Umarmung, schmiegte sie genauso eng an sich wie Tizian. Und für einen Moment konnte er vergessen. Für einen Moment konnte er aufatmen im Vakuum.

Für einen Moment waren sie wieder am Baggersee. Tanzten wild im Neonlicht. Rauchten, tranken, lachten an der alten Kreuzung am Rande der Stadt.

Für einen Moment waren sie wieder barfuß im Schnee. Und sein Atem roch nach Mandelmilch.

Alles war für immer. Und dann vorbei.

Der tosende Lärm kehrte zurück. Das Crescendo aus Tönen zerriss weiter die Schatten und Sterne. Die Tür in den Wolken, wie ein Strudel inmitten des Chaos. Mit einem letzten, gemeinsamen Schritt wagten sie sich nach vorne, und blickten hinter die Tür.

Atticus hauchte seinen letzten Atem aus. Er schwenkte seinen Blick über die Weiten der Welt hinter der Türschwelle. Erfasste Farben und Formen mit seinen glänzenden Augen, die er nie hätte beschreiben können. Alles bewegte sich, und nichts rührte sich vom Fleck. Endlose Lichter tanzten auf endlosen Untergründen. Gerüche von Blumen und Gras, Orangen und Kaffee.

Nichts davon berührte ihn. Denn, so sicher wie er sich nur sein konnte, diese fantastische Traumwelt war alles, nur ohne ihn. Ohne Flanell und Armtattoos. Ohne Schnee und Neonlicht, ohne dunkle Stimmen oder helles Lachen.

Atticus taumelte einen Schritt zurück von der Tür, Tränen in das zerbrochene Schwarz unter ihm tropfend.

„Nicht, warte!" Tizian drehte sich wie in Zeitlupe weg von seiner Welt, bedachte ihn eines müden Blickes, wie in Trance nicht einmal blinzelnd. Und Atticus wusste, was er sagen wollte. Musste.

„Bleib."

Keine Tür, kein Lärm, keine bröckelnden Schatten.

Tizian und Atticus, allein in der Stille. Ein letztes Mal.

„Bleib."

Tizian lächelte. Und blieb. Denn alles war für immer. Und dann vorbei.

Sie standen wieder vor der Tür, Melissa direkt neben ihm seine Hand drückend.

„Komm, lass uns gehen", Tizians Lächeln bröckelte, „Bleib nicht."

Er sah sie zusammen am Küchentisch lachen, in seiner neuen Wohnung. Mandelmilchcappuccino trinkend, sich auf die Party am Abend vorbereiten. Kitschige Kühlschrankmagneten, angeschimmeltes Toastbrot. Lippen, die den ganzen Tag nach Nikotin und Wodka und Orangen schmeckten.

Atticus schüttelte den Kopf, und blieb.

Und die Zeit ging weiter. Alles passierte. Alles.

Tizian und Melissa seufzten, drehten sich um, und schritten gemeinsam durch die Tür in den Wolken, bis das Licht sie vollkommen verschluckte.

Die Tür schloss sich.

Und für immer war vorbei.

Decrescendo
Und alles schmilzt

Atticus schlägt die Augen auf und blinzelt gegen die über ihm am Himmel stehende Sonne an. Sein Rücken tut weh, und in seinem Kopf dröhnt es. Er versucht, sich aufzurichten, fällt jedoch sofort wieder zurück in den harten Sand.

Sand.

Er reißt trotz der Sonne seine Augen auf und springt stöhnend vom Boden auf. Er ist noch immer am Baggersee. Ist in der Nacht eingeschlafen, wartend auf die Tür, die niemals kommen würde. Und das erste Mal seit Jahren - den Rücken verknackst, die Lippen blau gefroren, sein Nacken steif – lässt er zu, seine Freunde zu vermissen.

Er hat Tizian danach nie wieder gesehen. War aufgewacht in seinem Bett, die Augen rot und der Kopf schwer. Und Tizian verschwunden, in die neue Stadt, das neue Leben. Und Melissa mit ihm, nach und nach.

Der Schnee um ihn herum ist mittlerweile matschig braun, ungemein unschön den Sonnenstrahlen zum Opfer fallend. Komisch. Atticus will nicht, dass der Schnee schmilzt. Wünscht sich, die Sonne würde einfach wieder hinter den Wolken verschwinden und dem kalten Wind den Vortritt lassen.

Aber das wäre ein Zufall. Und Atticus war sich bis gestern so sicher, nicht daran zu glauben.

Er schleppt sich ungelenk zurück zu seinem Auto, die Karosserie mittlerweile fast vollständig schneebefreit. Noch nie hat er sich mehr nach einem billigen, dünnen Kaffee gesehnt, als jetzt. Von Mandelmilch ganz zu schweigen.

Auf der Rückfahrt bleibt das Radio aus. Die Stille, während er an den langsam dahinscheidenden Schneebergen vorbeifährt, ist nichtsdestotrotz ohrenbetäubend.

Tizian und Melissa waren irgendwann zusammengezogen. Doch außerhalb der Instagram Bilder von Urlauben am Strand, Partys unter Neonlicht oder ihrem größer und größer werdenden Hund blieb es still. Und Atticus Kellerraum wurde voller und voller. Bis die rosa Ente verstaubt und hinter ausgeblichener Farbe verschwunden war.

Ein einziges Bild am Kühlschrank, aufgehangen nach einem einzigen Telefonat, vor einem Jahr. Um nicht zu vergessen. Wie er aussah, und tanzte und lachte. Und war. Verzweifelt am Metall festklammernd.

Dahin ist er nun unterwegs. Nach Hause. So schnell ihn seine alten Reifen tragen, durch den schmelzenden Schnee.

Auf den Straßen in der Innenstadt ist nicht mehr viel los. Die meisten Leute sind damit beschäftigt, den über Nacht angehäuften Schnee aus ihren Einfahrten zu schaufeln, zu ungeduldig, um auf die steigenden Temperaturen zu warten.

Er ist noch nicht bereit für neue Wärme. Für goldene Abendsonne auf dem Balkon, für Abschlussgrillen und bunte Blätter. Spaziergänge unterm letzten blauen Himmel des Jahres, allein. Ohne Pie, ohne lang vergessene Freunde. Nur Atticus.

Denn alles schmilzt.

Er parkt im Parkverbot, direkt vor seiner Eingangstür. Die Treppen, schneebedeckt und feucht, erklimmt er in einem Sprung. Sein Schlüssel rutscht ihm fast aus der Hand, als er ihn mit voller Wucht in die Haustür jagt. Sie klemmt ein wenig, bevor sie aufgerissen wird und lautstark gegen die Wand hinter ihr knallt. Eine weitere Macke über dutzenden anderen.

Tizian hat ihn nie hier besucht, nicht einmal 'ne Ahnung wie er lebt. Nie die schlecht gestrichenen Wände ausgelacht. Sich nie über die grässlich geschmacklosen Vorhänge amüsiert.

Melissa ist hier gewesen. Einen Tag nach dem Telefonat. Hat ein paar Sachen abgeladen, ist nicht einmal über den Flur hinausgekommen. Sachen, die jetzt im Keller stehen.

Atticus wirft seinen Schlüssel aufs Parkett, schmeißt seine Schuhe in die Ecke und sprintet zum Badezimmer. Sein Bauch tut bereits weh. „Fuck", stöhnt er, als er die Toilettentür öffnet und ihm ein eiskalter Wind entgegenhaucht. Das Badezimmerfenster, weit geöffnet, hat in seiner Abwesenheit den Schnee in die Wohnung gelassen, der jetzt langsam schmelzend den Boden zu fluten droht.

Er schmeißt die Tür zurück ins Schloss und dreht dem zugeschneiten Bad den Rücken. Kleine Rinnsale von Wasser laufen bereits unter dem Türspalt hervor in den Flur. Denn alles schmilzt.

Er ist nicht einmal eingeladen gewesen. Hat sich sogar extra dafür einen Anzug gekauft. Schwarz, und er saß schlecht. Aber mit Krawatte. Und Schuhen und gemachten Haaren. Nur um im Auto zu sitzen, ohne Richtung und Ahnung. Wo er begraben wurde.

Das Wasser läuft an seine Socken. Er friert wieder. Zittert plötzlich am ganzen Körper. Friert ein. Kann sich nicht mehr bewegen, ist gefangen. Er bewegt panisch seine Augen hin und her, die sich langsam mit Tränen füllen. Aber er ist eingefroren.

Sitzt wieder in seinem schwarzen Anzug im Auto, einfach so, stundenlang. Er hat nicht einmal geweint. Nur geschaut, auf das Navi ohne Ziel. Noch am selben Abend hat er den Kühlschrankmagneten rausgekramt, sich in den Keller gewagt. Die rosa Ente aus dem Augenwinkel angestarrt. Und danach nie wieder einen Gedanken daran verschwendet. Bis gestern. Bis der Schnee fiel, bis Pie bellte, bis er diesen plötzlichen Heißhunger nach Mandelmilchcappuccino verspürte.

Bis alles schmolz.

Atticus reißt sich los, geht in die Küche.

Er hat Tizian nie besucht. Nicht einmal 'ne Ahnung, wie er gelebt hatte.

Er bleibt vor dem Bild am Kühlschrank stehen. Er und Melissa. Und Tizian, mit Partyhut.

Auch Melissa hat er nie angerufen. Nie wiedergesehen, bis auf den einen Tag. Er hat geweint. Nicht nur wegen Tizian. Sondern weil er sie kaum wiedererkannt hat. Dabei war sie gar nicht anders. Sondern er.

Atticus streicht mit seiner Hand über ihre Gesichter. Über die Erinnerungen an Alkohol und Musik, an Drogen und Sex und Türen in Wolken. An zwei Tage, von so vielen. An die zwei letzten Tage, von so vielen davor.

Und sieht endlich wieder seinen Keller, die Ansammlung von Überresten letzter Tage. Nicht von davor.

Er kramt alles hervor, zwischen den Spinnenweben und ungenutzten Gartenutensilien. Von alten Fotos und zerkratzten Polaroidkameras, über verbogene Zahnbürsten und Armreifen, zu mottenzerfressenden Hosen und Shirts und Gummistiefeln.

Und einer rosa Ente auf rosa Grund.

Sie wirft Atticus als letztes auf den Stapel, den er im noch beschneiten Garten errichtet hat.

Er hat sie nie gefragt, wie es ihr geht. Ob sie schlafen kann, ohne ihn. Ob sie lachen kann, ohne ihn. Aber Atticus war beschäftigt gewesen. Mit Mandelmilch aufschäumen und vergessen.

Er nimmt sich seine letzte Zigarette im Leben. Diesmal meint er es wirklich.

Zündet sie an, während er den Haufen aus Geburtstagsgeschenken, die zu spät kamen, Jahrestagspresenten, die nie geschenkt wurden, und Dreck mit Benzin begießt.

„Alle mit allen", murmelt er, als er das letzte Mal den Rauch ausstößt und die Zigarette auf den Stapel schnippt. Zunächst passiert nichts.

Seine Lippen eine Mischung aus Nikotin, Wodka und Orangen. Und weich, und schön. Aber der Rest von ihm, viel mehr.

Die rosa Ente explodiert zusammen mit den anderen Überbleibseln in rot leuchtendes Feuer. Die Flammen züngeln mehrere Meter in den Himmel, als würden sie angezogen werden, von irgendeinem Sog in den Wolken.

Er kramt sein Handy heraus, wählt ihre Nummer.

Und der Schnee schmilzt, schneller als Atticus mit seinen Augen sehen kann.

Hast du Lust auf einen Mandelmilchcappuccino?

„Hallo?"

Stille.

„Ich kann Sie atmen hören. Entweder sagen Sie jetzt was oder ich..."

„Nein, ähm...hey."

Stille.

„Hey?"

„Ähm...ich bin's."

Stille.

Lange, schwere Stille.

„Atticus?"

„Hey Melissa."

„Ich dachte, ich meld' mich mal wieder."

Stille.

„Bist du noch da?"

150

„Nach zwei Jahren also...nach zwei Jahren denkst du dir, du meldest dich einfach mal wieder?"

„Ich weiß nicht..."

Sti-

„Du weißt nicht? Fick dich, Atticus."

„Nicht auflegen, bitte. Leg bitte nicht auf."

„Was willst du? Was gibt's so wichtiges, dass du dich bequemst deine *beste Freundin für immer*, von vor sechs Jahren, einfach Mal so anzurufen?"

„Es...es hat geschneit."

Stille.

Unterdrücktes, schweres Atmen.

„Glaubst du, das hab' ich nicht gemerkt, Atticus?"

„Doch, aber ich-"

„Glaubst du, dass ist nicht das einzige, an was ich seit gestern denken kann? Glaubst du, der fucking Schnee erinnert mich nicht auch daran? Fuck, Atticus, du bist nicht der Einzige, der damals dabei war."

„Ich weiß, und-"

„Wag nicht zu sagen, dass du's weißt. Du weißt nichts. Hast dich nicht einmal mehr gemeldet, nur weil du keinen Bock hattest, uns zusammen zu sehen."

„Was erwartest du von mir? Ich war in ihn verliebt verdammt. Und er war mein Freund."

Stille.

„Ich auch, Atticus."

Stille. Nicht auszuhalten.

„Es...ich..."

„Das Ganze ist sechs Jahre her. Ich wein' dir schon lange nicht mehr nach. Wir haben andere Freunde gefunden. Freunde, die angerufen haben, als er im Krankenhaus lag. Freunde, die angerufen haben, als..."

Wieder unterdrücktes, schweres Atmen.

„Ich hoffe, du erwartest keine Vergebung oder sowas. Es gibt nichts zu vergeben. Leute kommen, Leute gehen. Manche Freundschaften sind fürs Leben, andere für einen Sommer. Und manche sind eigentlich schon vorbei, bevor man aufhört, sich zu sehen."

„Manchmal weiß man erst hinterher, was Freundschaft und was Liebe ist..."

Stille

„Es tut mir trotzdem leid. Wirklich. Und ich...Melissa, ich will einfach nicht länger hoffen, dass ich ihn bald vergesse."

„Hm...glaub mir, das würde er gar nicht zulassen. Dafür war er viel zu selbstverliebt."

Leises Lachen.

„Wie geht's unserm Pie?"

„Gut. Mach dir keine Sorgen um ihn. Wie geht's Sara?"

„Kann mittlerweile ganze Sätze schreiben, stell dir vor. Ich will sie bald in den Kindergarten stecken, keine Ahnung, ob das so eine gute Idee ist."

„Solange du einen richtigen Kindergarten nimmst, und nicht diesen Baumschul-Streichelzoo, wo wir damals zusammen waren."

„Boah, erinner' mich nicht dran. Weißt du noch, der Ziegenbock?"

„Ich hatte noch fast drei Wochen später blaue Flecken, ja."

Leises Lachen.

„Ich weiß nicht, aber…wollen wir uns mal Treffen? Lust auf einen Mandelmilchcappuccino, so wie früher?"

Stille.

„Ich glaub' eher nicht, Atticus."

Stille.

„Okay. Ja. Alles gut, versteh ich."

„Damals ist…einfach damals. Ich will die Uhr nicht einfach zurückdrehen."

„Ja…ich denke auch."

Stille.

„Aber danke, dass du angerufen hast."

„Danke, dass du nicht aufgelegt hast."

Ein letztes, leises Lachen.

„Alles Gute, Atticus. Und pass auf den Schnee auf."

Und nachdem Melissa auflegt, öffnet sich in den Wolken über ihm knarrend eine alte Tür, die beginnt, eine neue Melodie zu spielen und nach ihm zu rufen.

Felix Froning wurde am 04. Dezember 2001 in der Nähe von Münster geboren und schreibt bereits sein Leben lang gerne Geschichten. Er studiert Englisch und Politikwissenschaften und arbeitet auch während seines Studiums daran, seinen unzähligen Ideen Leben einzuhauchen.